CHEFS-D'OEUVRE

DE

JACOB RUYSDAEL

Clare imprimeur
Benoit à Paris

CHEFS-D'OEUVRE

DE

JACOB RUYSDAEL

NOTICE ET EAUX-FORTES

PAR

BRONISLAS ZALESKI

AVEC LE CATALOGUE DÉTAILLÉ DES PEINTURES ET ESTAMPES DU MAITRE

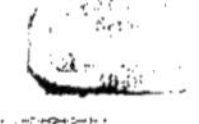

PARIS

LIBRAIRIE DU LUXEMBOURG

16, RUE DE TOURNON, 16

CHEFS-D'ŒUVRE

DE

JACOB RUYSDAEL

Le paysage est de création moderne. Il était presque inconnu à l'antiquité, qui, lorsqu'elle voulait exprimer ses idées plastiques sur la nature, les symbolisait sous des figures humaines. À l'époque chrétienne, il ne fut d'abord introduit de temps à autre que comme fond des tableaux religieux: aussi n'atteignit-il sa véritable importance que quand, avec la découverte de l'Imprimerie, l'art perdit le caractère exclusif qu'il avait conservé jusqu'alors d'instituteur des hommes, chargé de leur enseigner, au moyen de formes accessibles à tous, les grandes traditions de l'Église & les saints mystères de la foi. En descendant de ces hauteurs, en se sécularisant toujours davantage, &, de maître qu'il était, en devenant simplement ami de l'homme, l'art chercha à être, non plus la sanctification, mais l'ornement & le charme de la vie, & il commença peu à peu à en envisager tous les aspects, passant tour à tour de l'histoire au foyer. Il résulta du développement des connaissances humaines un sentiment plus profond chez l'individu de ses rapports avec le monde qui l'environne. Son amour plus vif de la création amena l'art à se livrer à elle, à tenter en quelque sorte de la pénétrer & à faire de sa représentation une branche de la peinture tout à fait indépendante & parfaitement distincte. Elle a son histoire, ses écoles, ses maîtres: de nos jours elle occupe toujours plus de place aux Expositions, elle se généralise de plus en plus. N'est-ce pas aussi un signe du temps?

Quoiqu'il ne convienne point de le placer sur la même ligne que la peinture historique & religieuse, le paysage ne saurait, sans cesser d'être une œuvre d'art, faillir à certaines lois qui leur sont communes. Il ne doit point avoir pour but de copier servilement la nature. La photographie a atteint dans ce genre un haut degré de perfection &, à proprement parler, elle n'est point de l'art & ne peut en tenir lieu. Le paysagiste, comme chaque maître dans les arts, doit être aussi un créateur. Son talent, ce qui le fait artiste, ne saurait être autre chose que la communion de son esprit avec le monde supérieur. Le véritable paysage doit être en effet un chant librement exécuté, où l'on sente, telles que les reflète l'âme de l'artiste, vibrer l'harmonie générale & la vie de la nature. La terre, le ciel, les arbres, les buissons, l'eau & la pierre, rendus dans toute leur vérité plastique, ne sont que des procédés accessoires, des formes adoptées par l'artiste pour être compris des spectateurs & pour éveiller en eux une foule de pensées & de sensations. La nature est inépuisable, l'âme humaine sans bornes, & sans bornes aussi le domaine des peintres de la nature. Qu'ils la considèrent, la sentent & la conçoivent autrement selon le pays où ils seront nés, le ciel sous lequel ils auront vécu, les traditions dont ils auront été nourris, les pensées dont leur âme aura été agitée, ils n'en seront pas moins des artistes passionnant les hommes, si chacune de leurs créations est animée d'un sentiment vrai & qu'on y saisisse la trace du lien mystérieux qui relie la nature à notre esprit immortel. Sans ces conditions, possédât-on au plus haut point l'habileté technique, on reste un manœuvre, on n'est point un artiste.

Celui, au contraire, qui a rempli ces conditions & qui a l'étincelle sacrée est certain de l'immortalité de ses œuvres, quelque changement que le temps amène dans l'opinion des hommes. Deux véritables maîtres, les pères & presque les créateurs du paysage, Claude Lorrain & Ruysdael, en sont la preuve. Ils furent contemporains, car ils se suivirent d'un an à peine dans la tombe. Ils vécurent dans des contrées diamétralement opposées, sous d'autres cieux, l'un à Rome, l'autre en Hollande; leur manière de sentir fut tout à fait différente, & c'est pourquoi ils devinrent les créateurs en peinture de deux écoles distinctes, mais tous deux eurent une intime compréhension de la nature & ils surent fixer sur leurs toiles soit une pensée supérieure, soit une profonde émotion; chacun de leurs tableaux témoigne que le sujet dépeint, avant de se transporter sur la toile, s'est reflété, non dans un miroir, mais dans l'âme d'un peintre, d'un penseur, d'un poëte.

Ces écoles, les historiens de l'art les baptisent de différents noms : école *italienne* ou plutôt *française* & école *hollandaise*, ou, & peut-être avec plus de raison, école *méridionale* & école *septentrionale*, enfin école *idéale* & école *réaliste*. Les écrivains allemands essayent encore de les définir avec plus de précision en appelant la première école *plastique* & la seconde école *pittoresque*. Quelque nom qu'on leur donne, cela ne peut changer en rien l'appréciation de leur caractère essentiellement différent.

Chez le maître lorrain, les contours des montagnes sont grands, imposants, graves & pleins de variété, les horizons s'allongent à l'infini, le miroir des eaux est étincelant & limpide, la mer du midi fait chatoyer ses couleurs enchanteresses, & de beaux monuments d'architecture se détachent sur le saphir d'un ciel dont le plus souvent rien n'altère la sérénité. Les tableaux du peintre-poëte hollandais offrent, à côté de la pauvreté des contours, de l'uniformité des sujets, des figures & même de la couleur, une variété infinie dans le jeu de la lumière & des ombres, unie à une grande vérité, à une précision presque minutieuse des détails, & à une gradation surprenante des tons; la monotonie est sur la terre, tandis qu'une inexprimable richesse de fantaisie se déploie dans les nuages & au ciel. Dans les toiles du maître français, c'est déjà des lignes elles-mêmes que résulte la beauté; dans celles du maître hollandais, une mystérieuse lumière tient lieu de leur absence & transfigure étrangement les plus vulgaires sujets, les élève & les ennoblit. Chez le premier, une localité est créée, des lignes sont disposées avec une beauté exceptionnelle & une corrélation admirable avec la pensée première; chez le second, il n'y a que l'expression d'un moment; le paysage de l'un rend le plus souvent une pensée indépendante de l'artiste, le sentiment de l'autre est tout intérieur & individuel. La première école était la devancière du paysage héroïque & historique ; elle répond à certaines dispositions élevées de l'âme & de l'esprit, elle s'adresse à un cercle circonscrit de personnes ; si un talent supérieur fait défaut à l'artiste, elle se change en quelque chose de conventionnel. L'autre, avec son paysage idyllique & quotidien, s'adresse à tous, à l'âme humaine en général ; plus accessible que l'autre, elle émeut plus vite les cœurs & y trouve de l'écho ; mais dans l'imitation du maître, privée qu'elle est de sa poésie intérieure, elle se transforme aisément en photographie coloriée & sans âme. En cherchant des comparaisons dans la littérature, on peut dire avec justesse que le paysage de la première école correspond aux œuvres classiques, celui de la seconde aux œuvres romantiques.

Jacob Ruysdael est la plus parfaite expression de cette dernière école dont il a été le véritable créateur ; il en possède toutes les qualités. Ses œuvres ne sont pas très-variées : elles ne satisferont pas ces esprits curieux & inquiets qui réclament d'un peintre de la nature toujours de nouvelles couleurs & de nouvelles formes & auxquels même ne peut suffire la variété des photographies qui affluent sans cesse de toutes les parties du monde ; ses paysages embrassent à peine un tout petit coin de terre, & ne se distinguent point par le pittoresque des positions : sa palette n'a point une profusion de couleurs, mais sur ces touches peu nombreuses il faisait vibrer toute son âme, il savait marquer presque chacune de ses toiles de l'empreinte de ses sentiments, si bien qu'elles sont un chant & parfois, comme le *Cimetière juif* de la galerie de Dresde, un poëme complet. La sensibilité & la mélancolie y règnent, & aussi ce sentiment solennel, cette sainte terreur qui s'empare de l'homme lorsqu'il envisage seul à seul la nature & ses mystères. Voilà pourquoi ses tableaux appartiennent au monde entier, parlent à tous les cœurs qui sentent la nature & sympathisent avec elle ; voilà aussi ce qui leur assure l'immortalité.

Nous n'avons que fort peu de détails sur la vie de Ruysdael [1] & ses tableaux resteront le champ le plus abondant pour retrouver les sources de ses inspirations. Pendant longtemps, on ne fut pas même d'accord sur l'année de sa naissance ; on la plaçait communément en 1635, mais dans ces derniers temps la découverte d'un tableau & d'une eau-forte de lui de 1645 & 1646 fit juger plus conforme à la vraisemblance de la reporter à 1625. Il naquit dans la ville de Haarlem. Il y mourut le 16 novembre 1681.

C'était une époque extrêmement favorable au développement du talent de Ruysdael. Les historiens de l'art appellent le XVIIe siècle l'époque de la renaissance en Hollande. Ce pays si petit était, comparativement aux autres États, rempli de peintres. Les circonstances locales y influèrent sur la création d'une école particulière, ayant ses caractères distincts & qui lui étaient exclusivement propres. Le protestantisme y ferma les portes de l'église à l'art qui, se localisant aussitôt, s'empara peu à peu du domaine de la vie, non-seulement nationale, mais domestique & quotidienne. Arrachée à la mer par de laborieux efforts & délivrée naguère du joug de l'Espagne, au prix de grands sacrifices, la patrie hollandaise s'attachait ses enfants ; elle développa chez les riches marchands le goût d'orner leurs appartements de tableaux ; l'amour de leur façon de vivre & de leur nature étant général parmi eux, leurs peintres se mirent à chercher exclusivement leurs sujets parmi ce qui les entourait. Le grand nombre des artistes & le cercle restreint qui était laissé à leur imagination y amenèrent plutôt que partout ailleurs la spécialisation ; chacun se choisit une face de la vie hollandaise & en fit le thème exclusif de ses créations. A côté des grands peintres de portraits qui transmettaient aux générations suivantes l'image, non plus seulement des amiraux, des

---

1. D'après les recherches de Bürger, son nom doit s'écrire : Jacob van Ruijsdael. Sur ses tableaux on trouve sa signature tantôt avec un *i*, tantôt avec un *y*, tantôt enfin telle que la donne ce critique éminent ; son chiffre remplace parfois sa signature. L'année est rarement indiquée.

bourgmestres, des syndics & autres personnages de marque, mais aussi de simples bourgeois, tranquilles pères de famille & membres de différentes corporations, une foule d'artistes abordèrent la peinture des scènes de la vie journalière hollandaise, depuis les classes opulentes jusqu'aux pauvres mendiants, depuis les paisibles réunions de famille jusqu'aux foires bruyantes & aux banquets dans les hôtelleries dégénérant le plus souvent en rixes. D'autres se renfermèrent dans l'étude de cet océan contre lequel le Hollandais luttait sans relâche, de ce sol sillonné de chaussées & de canaux, riche en prairies luxuriantes conquises peu à peu sur la mer, de ce bétail, de ces vaches nourricières qui constituaient la richesse de provinces entières, enfin des fleurs cultivées avec un soin & une sollicitude extraordinaires. Il y en eût qui se bornèrent aux ustensiles domestiques & même à la cuisine seule. Chacune de ces branches ou de ces simples rameaux de l'art finit par produire des chefs-d'œuvre dans son genre, remarquables surtout par la vérité, par l'exactitude dans les détails poussée jusqu'à la minutie & enfin par cette simplicité & cet amour tranquille, calme, mais réel, dont les Hollandais entouraient tout ce qui était leur. Au moment de la naissance de Ruysdael, son pays entrait dans la période du plus bel épanouissement de l'art; les tableaux y étaient universellement en honneur, le nombre des artistes relativement élevé & il existait déjà des peintres qui se consacraient exclusivement à la nature.

Sa position de famille favorisa aussi Ruysdael. Son père possédait un magasin de ces cadres d'ébène, si recherchés alors en Hollande : ce fut une occasion de rapports continuels avec les artistes. Son frère Salomon, plus âgé que lui d'une quinzaine d'années, était peintre & paysagiste. Les conversations des peintres réunis dans la boutique de son père, l'atelier de son frère, l'atmosphère même qu'il respirait, durent éveiller de bonne heure, dans une nature aussi richement douée que celle de Ruysdael, le sentiment de sa véritable vocation. Cependant son biographe hollandais, Houbraken, affirme qu'il ne commença point par prendre la palette. Selon lui, le père de Ruysdael, auquel le commerce de cadres élégants avait procuré l'indépendance, destinait son fils à une tout autre carrière; ce dernier, après avoir fait, conformément à la volonté paternelle, d'importants progrès dans les langues de l'antiquité, se serait adonné à la médecine & ce ne serait que lorsqu'il aurait déjà terminé ses études & acquis une certaine vogue comme chirurgien, qu'il aurait abandonné une carrière commencée sous d'excellents auspices, pour se livrer sans partage à la peinture. On cite à l'appui de cette hypothèse le catalogue d'une vente publique effectuée à Dort en 1710, qui mentionne un beau paysage avec une cascade par le docteur Ruysdael. Je ne sais jusqu'à quel point on peut se fier à cette indication; Houbraken est connu comme Vasari pour les anecdotes mensongères & les traditions erronées qu'il accueille. Toute cette histoire nous paraît invraisemblable en raison de ce que nous savons de sa famille & surtout en raison de sa nature si exceptionnellement poétique & artistique. Du reste, en en admettant même la parfaite authenticité, elle n'aurait rien qui pût nous étonner : il est connu que Schiller étudia la médecine avant de distinguer sa vocation véritable; Claude Lorrain se mit très-tard à la peinture; & il est avéré aujourd'hui que le meunier qui fut père de Rembrandt le destinait à une autre profession. De pareils faits se répètent souvent & n'ont pas une grande portée; ils ne sont pas en état de nous donner la clef de l'âme & du cœur du poëte, ils ne diminuent en rien son mérite ni n'expliquent son talent. Nous pouvons donc ne pas nous en occuper davantage. Que Dieu le créa peintre & même exclusivement peintre de paysage, c'est indubitable. Qu'il se soit consacré à l'art quelques années plus tôt ou quelques années plus tard, l'art n'en a pas moins été sa vocation certaine, la source pour lui de véritables jouissances, son compagnon & l'ami de sa vie.

On ignore quel fut le maître de Ruysdael. Ce fut vraisemblablement son frère aîné Salomon, élève de Jean van Goyen, & lui-même

LE CHÂTEAU DE BENTHEIM

paysagiste amoureux de la nature locale comme le fut plus tard notre Jacob, quoique de beaucoup inférieur à son jeune frère. C'est aussi dans cet atelier qu'étudia, dit-on, Hobbema. Si l'on parvenait à le prouver, deux élèves pareils suffiraient pour assurer la gloire de leur professeur. Jean Wynants, établi à Haarlem & déjà dans tout l'éclat de son talent, alors que Ruysdael ébauchait à peine ses premiers essais, dut sans doute exercer sur lui une notable influence : ce qui est d'autant plus admissible, que Wynants appliqua le premier au paysage toutes les qualités & les procédés qui étaient le propre de l'école hollandaise. Ce ne sont néanmoins que suppositions, & d'autre part il est incontestable qu'il n'était pas besoin d'être absolument un peintre de génie pour initier aux secrets de l'art & en ouvrir pour ainsi dire les portes à celui qui devait lui tracer de nouvelles voies, que la nature avait doté si merveilleusement & qu'elle destinait à amener la peinture à une perfection plus grande.

La caractéristique de son talent est un sentiment profond de la nature. C'est pourquoi, en suivant un penchant inné que l'exemple de son frère & de l'artiste établi dans la même ville dut encore favoriser, il se consacra sans doute de suite au paysage ; il ne sut jamais peindre les personnages & il se faisait en ceci suppléer par d'autres peintres. Comme tous les artistes hollandais contemporains, il subit l'influence de Rembrandt qui, alors entouré déjà de gloire, avait atteint le point culminant de son génie : il faut sans doute ranger au nombre des circonstances les plus propices au développement artistique de Ruysdael d'avoir eu, dès le début, un voisinage tel que celui de Rembrandt. C'est à Rembrandt que l'école hollandaise doit son caractère propre : un sentiment vif & original du pittoresque, un coloris particulier, merveilleux, de la transparence dans les tons & une rare perfection technique. Le jeune paysagiste visita souvent l'atelier du maître d'Amsterdam. Il avait une individualité trop accentuée pour devenir simplement son imitateur, mais il se pénétra de toutes ses qualités &, dans certaines de ses toiles principalement, la parenté est évidente & inniable. Elle se trahit surtout dans les vues des plaines & des rivages de la Hollande, qui sont éclairés à la manière de Rembrandt, & de plus dans l'emploi vraiment magique de la lumière & des ombres, souvent dans le coloris tout entier & même dans ce je ne sais quoi de mystérieux & de menaçant qui domine quelques-unes de ses compositions. Mais Rembrandt, en éclairant ses personnages des lumières les plus variées, en les représentant tour à tour dans des églises, dans des palais ou dans l'ombre de chambrettes obscures & sombres, atteignait parfois, par l'étrange fantasmagorie des tons, à une force en quelque sorte satanique. Ruysdael, peintre de la nature, sentait toujours le ciel au-dessus de lui, il a plus de sérénité, de sensibilité, de mélancolie, & sa lumière est toujours celle du soleil septentrional.

Dès le début de sa carrière, Ruysdael attira l'attention générale. Un autre paysagiste éminent, à peine de quelques années plus âgé que lui, Allart van Everdingen, jeté par une tempête dans une traversée maritime sur les côtes de Norvége & doué d'une âme poétique, y avait employé son temps à rassembler toutes sortes de dessins d'après nature qui, à son retour, lui servirent à peindre cette contrée grandiose & granitique, sombre genre dans lequel il excella. Ce sol tourmenté, par son opposition aux horizons calmes & riants de la Hollande, impressionna les compatriotes du jeune artiste & donna de la vogue à ses tableaux. Everdingen habitait Alkmaar : on sait que Ruysdael le visitait souvent. Il dut exister d'intimes relations entre deux artistes, également amoureux de l'art & de la nature, & poëtes dans l'âme. Les cartons du voyage en Norvége furent sans doute souvent examinés par les deux amis ; & ce dont la seule originalité éveillait chez chacun l'attention & la curiosité devait à plus forte raison frapper une âme aussi sensible aux beautés de la nature que l'était celle de Ruysdael. C'est à cette époque de sa vie que quelques-uns placent ces cascades bouillonnantes au milieu de rochers tels que Ruysdael n'a pu en voir dans son pays. M. W. Bürger, un véritable connaisseur de l'école hollandaise, a affirmé, après de longues recherches sur place concernant la vie de Ruysdael, que celui-ci n'a jamais été en Norvége, & il en conclut que c'est en se pénétrant des dessins & des tableaux d'Everdingen qu'il est parvenu à la conception de certaines de ses toiles, que ces dessins ont pu même lui servir de modèle, ou qu'il y a au moins puisé, tout en l'enrichissant au gré de son imagination, le motif de plus d'une de ses compositions. Quant à nous, nous avons beaucoup de raisons pour nous ranger à cet avis. Il est vrai que ces tableaux sont exécutés avec la science d'un artiste consommé & que cette considération pourrait les faire reporter à une époque plus reculée, mais il n'y a qu'un nombre très-restreint de toiles que les connaisseurs les plus compétents estiment appartenir, par le fini excessif des détails & quelquefois par trop de rudesse dans les contours, aux premières créations de l'artiste; on ne saurait dans le reste de son œuvre établir de différence, tellement il a vite atteint l'habileté de pinceau qui lui est propre & qui ne lui fera plus jamais défaut. Sous ce rapport, il est donc difficile de déterminer à quelle époque se rattachent les fameuses cascades. Le sujet même indique qu'elles sont plutôt une création des jeunes années, où l'on est plus facilement impressionné par les objets extérieurs & où l'on se plaît dans le mouvement & l'agitation, qu'elles ne le seraient de l'âge mûr enclin à la méditation & au recueillement intérieur, surtout chez les natures mélancoliques. En outre, l'exécution seule semble témoigner que ces toiles n'ont pas été faites d'après nature. Il est vrai que l'eau y est peinte avec une étonnante perfection & une rare transparence. Ces sauvages torrents qui roulent sur les pierres semblent bruire à l'oreille du spectateur & l'on croirait entendre leur frémissement, le fracas de leurs eaux; les vagues écumantes tournent & virent à nos yeux, en s'émiettant en poussière fine & limpide; elles affluent de toutes parts, de gauche, de droite, du fond du tableau & se précipitent dans le gouffre, ou bien déjà en tourbillons plus tranquilles pour-

suivent leur course. Au-dessus de la cascade, on aperçoit d'ordinaire sur une hauteur les ruines de quelque habitation, le plus souvent celle d'un vieux château; parfois une misérable chaumière se penche au-dessus des eaux mugissantes, comme si elle considérait l'abîme; plus loin s'étendent des collines boisées qui disparaissent toujours davantage dans un lointain horizon; un pâtre chasse quelques brebis dans le sentier solitaire, au milieu des rochers; généralement le ciel est plein du jeu des nuages, mais c'est l'eau qui est l'effet principal, avec ce mouvement infini, visible dans la moindre vague, en chaque endroit, partout, & qui ravit la pensée & ne lui laisse point de repos. Le charme en est grand ou plutôt l'impression saisissante! Cependant si l'on examine plus attentivement ces tableaux, lorsqu'on est un peu revenu de la fascination que produit au premier abord l'exécution magistrale de cette onde mouvementée, on y découvre quelque chose, si j'ose m'exprimer ainsi, de conventionnel, quelque chose de moins profondément vrai que les paysages plus modestes & à première vue d'un moindre effet qui sont tirés de la nature hollandaise. On sent que, si un poète tel que Ruysdael eût vécu seul à seul avec cette nature, au milieu de ces rochers & de ces torrents, il aurait encore trouvé d'autres tons en son âme. D'ailleurs ils se ressemblent tous beaucoup entre eux, tant à Amsterdam qu'à La Haye & à Cassel, sous le rapport de la composition, de la lumière & surtout de l'impression qu'ils produisent, alors que les œuvres de ce maître sont à ce dernier point de vue d'une telle variété! Toutes ces raisons nous inclinent à croire que le premier tableau de ce genre est né de l'imitation des dessins d'Everdingen ou peut-être n'a même été qu'un de ces dessins transporté sur la toile; les autres ne seraient que des répliques du premier, amenées par les commandes des amateurs de ce genre de paysages. D'accord en ceci avec l'honorable auteur de plusieurs volumes sur l'École & les Musées de Hollande, tout en rendant justice à toutes les qualités de ces tableaux, nous ne les placerons pas au premier rang des œuvres de Ruysdael, quoique pendant un fort long temps il leur ait été attribué. Pour nous, nous considérons comme les chefs-d'œuvre du maître les sujets tirés de la vie quotidienne du poète, les plus modestes ordinairement & les moins significatifs par eux-mêmes, mais avec lesquels il ne cessait de vivre: c'est dans ces toiles qu'il a mis le plus d'âme. En présence de n'importe laquelle de ces cascades si justement louées, après la première impression causée par ce mouvement continu, on se demande comment c'est peint, comment l'on est parvenu à cette perfection? Devant *le Buisson* du Louvre & devant le *Moulin* de la galerie d'Amsterdam, il ne viendra certes à la pensée de personne de demander ses procédés à l'artiste; ces toiles respirent une telle mélancolie, il y règne une harmonie si grande, qu'on oublie devant elles non-seulement toute critique, mais encore toute supposition. L'âme se sent touchée & ces modestes compositions éveillent une série infinie de pensées, de sensations, d'impressions, de souvenirs: elles arrachent de l'abîme de l'oubli je ne sais quels mondes connus auxquels on a dit adieu, souvent sur lesquels on a pleuré; l'émotion qu'elle inspire est le plus bel éloge de l'œuvre. Le pinceau y est néanmoins tout aussi exquis, la science poussée aussi loin que dans les cascades. D'où provient cette différence? C'est que là-bas le sujet lui-même est le principal; ici c'est la pensée intime du poète, c'est son âme.

Renfermé dans les plaines de sa patrie, car les auteurs les mieux renseignés sur sa vie assurent qu'il ne quitta jamais la Hollande[1], Ruysdael se pénétra de cette nature, mais à un tel point que souvent, dans une petite toile, on la sent pour ainsi dire tout entière; il savait aussi l'élever, l'embellir, l'ennoblir en quelque sorte par son propre sentiment. Le sujet était parfois petit & insignifiant en apparence, mais la grande âme du poète savait lui donner son accent. De là venait qu'un canal paisible ombragé par des arbres, la lisière d'une forêt, ou même un arbre isolé, prenaient de la signification sous son pinceau, & pouvaient parler à chacun un langage intelligible. Il les inondait de lumière, les plongeait dans l'ombre, suspendait au-dessus un ciel chaque fois différent & toujours pittoresque, & il les transformait complétement en les imprégnant d'un charme étrange. — Quelqu'un pourrait-il oublier, s'il lui a été donné de la voir, la petite toile de la galerie des *Uffizi* à Florence? On y aperçoit un arbre, assez pauvre de branches & de feuillage; derrière, dans l'éloignement, s'allonge encore une rangée de petits arbres; au premier plan, se retrouve le troupeau de moutons qu'il place habituellement dans ses tableaux, mais un grand nuage éclairé par un rayon de soleil passe sur l'horizon & voile une partie du paysage, pendant qu'une lumière dorée inonde le reste, & ces arbres dans l'éloignement & la plaine ondoyante de blés : on sent que l'averse vient de finir, que ce nuage sombre & si beau glisse plus loin, tandis que le soleil arrive boire chaque goutte qui surcharge les épis, sécher chaque feuille, ramener partout la joie, & l'on embrasse sans le vouloir la vie de toute la nature. Ou bien encore ce *Matin* qui se trouve à présent dans une galerie particulière à Brème? Il n'y a là qu'un grand & bel arbre, au large ombrage; un petit ruisseau passe à ses pieds, au delà du ruisseau, une colline & puis des arbres; sur un petit sentier avance un chariot attelé d'une paire de bœufs; quoi de plus simple? Mais comme le peintre a éclairé cela! Qui ne sentirait en le regardant que c'est le premier moment du jour, calme, lumineux, transparent, serein, on voudrait presque dire aussi l'heure virginale & sainte où tout s'éveille à la vie, au travail, & où la bénédiction de Dieu semble se répandre sur toute la terre? Et on pourrait faire ainsi beaucoup d'énumérations : *Le champ de blé* de la galerie de Rotterdam, *Une colline couverte de chênes*, *Un moment avant l'orage* à Munich, *Un sentier & quelques chaumières* à l'Ermitage, &c., &c. Ses forêts ne se distinguent pas par une grande variété d'arbres; il en a quelques espèces qu'on dirait privilégiées. En effet, c'étaient celles-là

---

[1]. On sait que le château de Bentheim, peint plusieurs fois par lui, est situé sur la limite hollandaise de la Westphalie.

qu'il connaissait le mieux, qu'il voyait tous les jours, & il les reproduit sans cesse; mais quelle noblesse il imprime à leurs formes, tout en restant dans les limites de la réalité & de la nature; comme cet étroit sentier serpente là-bas parmi les troncs d'arbres; comme il glisse à travers la ramée, ce rayon de soleil! Avec quelle beauté se détachent sur le fond sombre de la verdure les troncs blancs & élancés de bouleaux! — Son grand émule, peut-être son compagnon & son ami, Hobbema, le dépasse souvent dans l'achèvement des détails, dans la fidélité avec laquelle est rendu le caractère distinctif de chaque arbre & surtout la nature des feuilles, parfois même dans la couleur des arbres, mais il ne l'égale pas dans l'élégance des formes, dans le charme, en un mot, dans le sentiment poétique qui est le cachet & l'incontestable supériorité de Ruysdael.

Nous rencontrons très-souvent dans ses tableaux des troncs d'arbres & des poutres renversées, couvertes de mousses; des arbres dépouillés de branches, qui se dressent à côté d'autres beaux arbres verdoyants de feuilles, donnent au tableau cette réelle harmonie qui fait qu'une petite toile paraît embrasser toute la nature. Auprès de troncs d'arbres brisés par l'orage, tombés dans un ruisseau, poussent fréquemment des roseaux flexibles, ondoyant au vent, exécutés par l'artiste avec une prédilection marquée, parfois une herbe menue finie avec un soin particulier, & sur les tombes le poëte ne néglige pas de semer çà & là un buisson émaillé de roses blanches. Quel silence, quel mystère règne au fond de cette sombre forêt, sur les rives de ce canal ombragé, autour de ce lac où se mirent les bois! Quelle fraîcheur matinale, je dirais presque quelle gaîté, par exemple, dans la *Chasse* de la galerie de Dresde, quelle vérité dans ce marécage, couvert de plantes aquatiques, au-dessus duquel planent seulement quelques oiseaux d'eau & où des arbres isolés paraissent de loin en loin! Une autre toile nous montre un pin dont la cime seule porte des branches & qui se détache avec gravité, seul & sombre, sur un paysage plongé dans le brouillard. Ruysdael est le plus varié de tous les paysagistes hollandais, parce qu'il a été doué de l'imagination la plus riche & du sentiment poétique le plus élevé[1].

Hollandais & poëte, il ne pouvait oublier la mer. Là, en effet, les *marines* qui existent dans l'œuvre de Jacob Ruysdael sont d'incontestables chefs-d'œuvre. Dans les toiles que lui inspire la côte de Scheveningen, nous voyons une vague tantôt moutonneuse s'avancer paresseusement vers le bord, tantôt se briser contre les rochers sous un ciel sombre & menaçant, & c'est d'une vérité frappante, mais où le maître est réellement inspiré, c'est quand il dépeint les éléments en fureur. *La Tempête* que possède le Musée du Louvre est du nombre de ses créations les plus magistrales; il y égale Rembrandt en force & en effroi, tout en comprenant & en traitant le sujet d'une manière qui lui est propre; nous n'y voyons pas se briser de bâtiment, nous n'assistons à aucune catastrophe, mais nous la pressentons, nous ne doutons pas qu'elle ne se produise, tant il y a de menace dans ces sombres vagues qui se brisent contre cette digue déserte, faible barrière abandonnée sans secours possible, au pied de laquelle s'étendent seulement des joncs; l'horreur du paysage éveille l'imagination du spectateur, il devine les dangers des matelots, il se les exagère, & l'âme parcourt toutes les péripéties d'un drame douloureux. Une création tout aussi puissante, c'est la *Tempête* qui se trouve en Angleterre, dans la collection du marquis Lansdowne à Bowood. Le musée de Berlin possède également une superbe marine du maître.

Mais c'est dans le fameux *Cimetière juif*, qui fait aujourd'hui partie de la galerie de Dresde, que Ruysdael atteint le point culminant de son génie : c'est la toile où il a le plus mis de son âme.

---

1. Les connaisseurs louent beaucoup son *Intérieur de la nouvelle église d'Amsterdam* qui se trouve actuellement dans la collection du marquis de Bute, en Angleterre, la seule création de lui dans ce genre & qui se distingue autant par l'excellence de la perspective aérienne & linéaire que par la transparence du coloris. Cette toile prouve que Ruysdael pouvait égaler dans ce genre les artistes les plus consommés & qu'il possédait à fond la partie technique de son art.

LE GUÉ

Aucune des créations de ce maître n'a été reproduite autant de fois par le burin, l'eau-forte, la gravure sur bois comme ornement de manuels, enfin par la photographie. Qui ne le connaît? Aussi ne décrirons-nous point cette composition splendide, dans laquelle la perfection de l'exécution s'allie non-seulement à cette mélancolie propre à Ruysdael, mais encore à de profondes méditations sur l'éternité. Charles Blanc, l'auteur de l'*Histoire des peintres*, frappé par ce tableau incomparable, fut amené à supposer que Ruysdael était un membre de la race malheureuse & persécutée des Juifs, établis en grand nombre à cette époque en Hollande. Cet appréciateur si compétent en matière artistique sentit que l'intuition, même du plus grand maître, ne suffisait pas pour créer un tableau pareil, empreint du souffle d'un esprit croyant & de l'émotion d'un cœur qui se gonflait sur les tombeaux de ses frères. Une particularité qui vient à l'appui de cette hypothèse, c'est que Ruysdael a peint plusieurs fois un cimetière & toujours un cimetière juif, tandis qu'on ne rencontre dans aucune de ses œuvres rien d'essentiellement chrétien. Nous ne prenons point sur nous de résoudre cette énigme. Si Ruysdael a réellement appartenu à la nation israélite, il y a figuré d'une façon exceptionnelle, car cette nation, richement douée à tant d'autres égards, ne montre point de grandes dispositions pour les arts plastiques, — qui du reste lui sont interdits par sa loi. Quoi qu'il en soit, cette toile donne la conviction que Ruysdael avait sans aucun doute un sentiment profond de l'immortalité, qu'il croyait sincèrement en Dieu & qu'il était un homme religieux. Un vrai poëte ne pouvait point ne pas l'être.

Le biographe hollandais de Ruysdael affirme qu'il fut un excellent fils & que s'il ne s'est point marié & n'a point quitté la Hollande, c'était pour pouvoir mieux soigner son vieux père. Les détails sur sa vie faisant complétement défaut, nous enregistrons ce témoignage. Une preuve qu'il était en de bons termes avec les peintres contemporains, dont quelques-uns presque du même âge que lui, tels que Nicolas Berchem & Philippe Wouwerman, habitaient même à Haarlem, c'est que, dans ses paysages, ils peignaient les animaux & les figures. Ils n'étaient pas les seuls à lui rendre ce service : Adrien van de Velde, &, selon M. Bürger, parfois Storck & van der Meer de Delft s'y employaient également. Une tradition veut que Nicolas Berchem ait vécu avec Ruysdael dans une étroite liaison, bien qu'il semble, à examiner leurs œuvres, que leurs natures aient dû être essentiellement différentes ; mais la parité d'âge, la gaieté & la facilité de rapports de Berchem, enfin le seul fait d'être adonnés au même art, ont pu rapprocher ces deux hommes ; le départ de Berchem pour l'Italie & le long séjour qu'il y fit durent interrompre cette intimité. Chacun des peintres que nous avons mentionnés s'est fait un nom dans l'école hollandaise, & pourtant on est souvent saisi, en présence des tableaux de Ruysdael, du regret que le paysagiste n'ait pas lui-même exécuté les figures. Il aurait évité le manque d'harmonie, qui frappe souvent aujourd'hui, entre ces paysages sombres & les gais groupes de villageois & de villageoises qui y figurent, entre les teintes grises de la nature & les couleurs criantes des personnages qui l'animent.

Avec une pareille division du travail il ne pouvait en être autrement ; il était impossible qu'à la collaboration de deux talents, de deux pinceaux aussi dissemblables que ceux, par exemple, de Ruysdael & de Berchem, l'unité de l'œuvre n'y perdît pas. Mais toujours, dans les toiles de notre auteur, le rôle des figures est d'une importance très-secondaire, elles n'y sont en quelque sorte que des accessoires ; aussi y a-t-il à les oublier.

Les toiles de Ruysdael sont, pour la plupart, de proportions restreintes, comme presque tous les tableaux de l'école hollandaise, destinés qu'ils étaient principalement à orner les habitations privées ; quelques-unes cependant atteignent à de grandes dimensions ; le musée municipal d'Amsterdam en possède une de ce genre. Elle est traitée avec un pinceau plein d'ampleur & ne le cède pas en mérite aux autres créations de ce peintre.

Ruysdael a dû beaucoup travailler, car le catalogue de ses tableaux qu'a dressé Smith compte plus de 400 numéros ; nous ne savons si tout y est authentique. Il a en outre exécuté plusieurs eaux-fortes qui ont suggéré à Adam Bartsch l'observation fort juste qu'elles semblent avoir été plutôt écrites que dessinées, tant l'exécution en est visiblement facile & rapide. La plupart sont de simples ébauches ; toutefois on a de lui plusieurs planches de petite dimension qui sont d'un fini achevé, comme par exemple *un champ de blé* avec un arbre au milieu.

Les tableaux de Ruysdael sont aujourd'hui dispersés dans l'Europe entière ; les principales galeries en ont toutes ; la galerie de Dresde & l'Ermitage de Saint-Pétersbourg, qui ont chacun 14 toiles du maître, viennent en première ligne ; la Pinacothèque de Munich en a 8, le Louvre 6, le musée de Berlin 3, la galerie du Belvédère à Vienne 4, l'Académie des Beaux-Arts de cette ville 2, le musée municipal & la galerie van der Hoop à Amsterdam en ont 6, la Haye 3, Madrid 1, à Florence la galerie des *Uffizi* 1 & la galerie Pitti 1, le musée royal de Belgique 1, & Londres une foule.

Un grand nombre figurent dans des collections particulières, surtout en Hollande & en Angleterre. A Amsterdam, M. Six-Hillegom en a 6. M. Bürger en a compté 20 à l'exposition de Manchester, authentiques & très-curieux. Waagen, dans ses *Trésors de l'art*, en énumère 130. Les collections les plus riches en chefs-d'œuvre de ce maître sont celles de lord Ashburton, de Robert Peel, de M. Baring, de M. Wynn Ellis, de Field, de lord Overstone, de Forster, de lord Burlington, de H. H. Campbell, du marquis de Bute, de lord Carlisle, & aussi la galerie Bridgewater. A l'Exposition rétrospective, l'année passée, à Paris, on a admiré de charmantes toiles de Ruysdael : on en voit chez la baronne de Rothschild & chez M. Péreire ; le prince Czartoryski, dans sa collection de l'hôtel Lambert, en possède 2. Il s'en trouve également à Vienne dans les collections du prince Esterhazy, du comte Schönborn, du prince Lichtenstein.

Les tableaux de Ruysdael ont été plus d'une fois gravés séparément. Il serait cependant aujourd'hui d'une difficulté extrême de réunir ses œuvres complètes, tant à cause de leur dispersion que de l'accès difficile de certaines collections particulières. Il serait néanmoins bien désirable qu'un pareil travail pût être mené à bonne fin ; celui qui serait assez heureux pour y parvenir rendrait un service signalé aux amis de l'art & en général à tous ceux qui ont le sentiment du beau, & auxquels par conséquent est cher le grand peintre hollandais. Ce n'est qu'en ayant sous les yeux la réunion de ses œuvres qu'on pourrait apprécier complétement son talent & peut-être trouver la véritable clef de son âme & de son cœur.

Cette année, à l'Exposition universelle de Paris, la superbe planche de M. Daubigny qui représente le fameux *Buisson* du Louvre, a le mieux prouvé avec quelle supériorité l'eau-forte pouvait rendre les qualités de ce grand artiste.

Sans avoir la prétention de comparer nos travaux à ce chef-d'œuvre, je prends la liberté d'offrir aujourd'hui au public cinq essais dans ce genre, avec l'espoir que ce sera un encouragement pour des artistes plus capables que moi de se tirer avec honneur d'une semblable tentative. J'ai eu la possibilité de visiter plusieurs galeries qui possèdent les toiles du maître & j'ai pu les dessiner d'après les originaux. J'ai choisi les moins connus, ceux que je n'ai trouvés reproduits nulle part, à l'exception du *Matin*, dont il existe une *aqua-tinta* fort belle, mais qui, par ses grandes dimensions, l'élévation relative de son prix & sa rareté dans le commerce, n'est pas accessible à tous.

Voici les planches que j'ai exécutées :

1° *Le château de Bentheim*. L'original est dans la galerie de Dresde (1 pied & 11 pouces de hauteur sur 2 pieds & 11 pouces de largeur). Ruysdael l'a peint plusieurs fois & de différents côtés. L'un de ces tableaux appartient à M. John Walter, à Londres ; le second se trouve à Amsterdam, le troisième dans la galerie de Rotterdam. Celui de Dresde est du nombre des toiles les plus achevées du maître. Si je ne me trompe, il n'a pas été gravé.

2° *Le Gué*, plus petit que le précédent, fait également partie de la galerie de Dresde : il en a été jadis exécuté une eau-forte où le ciel est un peu étrange & qui n'est plus dans le commerce.

3° *Le Moulin* se trouve dans la galerie van der Hoop à Amsterdam (81 pouces hollandais de hauteur sur 99 pouces de largeur). C'est une vue prise à Wijk, près de Duurstede, entre Haarlem & Alkmaar, sur une route que notre artiste a dû souvent parcourir en allant voir son ami Allart van Everdingen. Les trois femmes qui figurent dans ce tableau auraient été, selon W. Bürger, exécutées par un autre artiste renommé, van der Meer de Delft. Ce tableau, d'une conservation parfaite, comme en général les toiles qui sont restées sur place en Hollande, n'a jamais été gravé, que je sache.

4° *La Cascade*, du musée municipal d'Amsterdam (hauteur 110 centimètres & largeur 99 centimètres), mieux conservée que la célèbre *Cascade* à la Haye qui a notablement noirci, est gravée, ce nous semble, pour la première fois.

5° *Le Matin*, qui se trouve aujourd'hui à Brême, ainsi que plusieurs autres compositions de Ruysdael, a été reproduit à l'*aqua-tinta* en très-grand format par Prestel.

Bn. Z.

Décembre 1867.

LE MOULIN

CATALOGUE DES OEUVRES

DE

JACOB RUYSDAEL

ALLEMAGNE.

BERLIN.

Musée Royal. — 1. *Une vieille colonie de villageois derrière laquelle s'élèvent des chênes*, un petit ruisseau coule tout près; de sombres nuages au ciel, un rayon lumineux tombe sur un vieux tronc.

2. *Un léger monticule* planté de chênes, avec un ciel nuageux.

3. *Une marine*; la mer en furie, un rayon de soleil perce d'épais nuages & éclaire çà & là les vagues sur lesquelles se balancent de frêles bâtimens.

CASSEL.

Une superbe Cascade.

DRESDE (Galerie de).

1. *Le cimetière juif à Amsterdam.* — T. h. 3 p.; l. 3 p. 5 p.

2. *La Chasse.* Figures de A. van de Velde. — T. h. 3 p. 10 p. 1/2; l. 5 p. 2 p.

3. *Le château de Bentheim,* sur une montagne derrière un groupe d'arbres. — B. h. 1 p. 11 p.; l. 2 p. 11 p.

4. *Le Cloître,* paysage montueux. — T. h. 1 p. 8 p.; l. 3 p. 4 p. 1/2.

5. *Un site montagneux et aride;* au premier plan une cascade, des chaumières dans le lointain. — T. h. 3 p. 6 p. 3/4; l. 2 p. 11 p. 3/4.

6. *Une colline boisée* d'où découle un torrent; un petit pâtre avec quelques moutons & une chèvre blanche. — T. h. 2 p. 3 p. 1/2; l. 1 p. 1 p.

7. *Pays boisé* avec un village au fond; un pont en bois sur une rivière. — T. h. 2 p., l. 2 p. 4 p.

8. *Le Gué.* Il est traversé par une charrette. Le pays est plat & couvert de forêts. — B. h. 2 p.; l. 2 p. 6 p. 1/2.

9. *Une partie de forêt* dans un pays plat. — T. h. 2 p. 2 p.; l. 1 p. 10 p.

10. *Un ruisseau* dans une prairie, formant une petite cascade. — T. h. 1 p. 10 p.; l. 2 p. 2 p.

11. *Belle chute d'eau* avec une colline couverte d'arbres. — T. h. 2 p. 5 p.; l. 1 p. 11 p.

12. *Pays boisé,* avec cascade. — T. h. 2 p. 5 p.; l. 1 p. 11 p.

13. *Pays tout à fait plat;* un chemin conduit vers le village. A droite & à gauche de ce chemin, des champs couverts de gerbes. — T. h. 1 p. 5 p.; l. 1 p. 10 p.

14. *Paysage avec chevreuil* poursuivi par des chiens. Les animaux sont de J. Voeck. — T. h. 4 p. 9 p.; l. 7 p. 3 p.

(*Catalogue de la Galerie Royale de Dresde* par Jules Hübner, trad. L. Grangier, pages 275, 276 & 304). T. signifie sur toile, B. sur bois, P. pied de Saxe, p. pouce.)

GOTHA.

Un paysage solitaire, avec des eaux stagnantes au-dessus desquelles s'ébattent des oiseaux. Dans un coin, les ruines d'une chaumière; un pêcheur & sa femme amarrent une barque au rivage. De sombres arbres augmentent l'impression que cause cette nature désolée.

MUNICH.

PINACOTHÈQUE. — 1. *Un paysage, au fond duquel on aperçoit une église de village.* Le sentier qui conduit à cette église longe un ruisseau grossi par la pluie & qui crée, sous un petit pont de bois une faible cascade. Au sommet un monticule boisé.

2. *L'entrée d'un bois* sombre d'où s'échappe un ruisseau. Un lièvre traqué par des chiens s'élance dans un buisson.

3. *Un monticule parsemé de chênes*; la pluie approche, un voyageur vêtu de rouge semble fuir devant les nuages menaçants, un jeune garçon court dans la direction contraire.

4. *Une forêt de chênes* dans un terrain marécageux; des canards sauvages jouent sur l'eau.

5. *Une cascade* qui jaillit entre des rochers, produite par la rencontre de deux torrents.

6. *Un effet de neige*; la neige dont les toits sont chargés commence à fondre.

7. *Un arbre derrière lequel une cabane recouverte de chaume*; le long de la baie deux hommes s'y rendent par le sentier.

8. *Une colline sablonneuse*, un chariot avec deux villageois.

GALERIE DU DUC DE LEUCHTENBERG: — 1. *Un paysage.* Au milieu *un sentier conduit à la ville* en passant près d'un moulin.

2. *De vieux chênes* sur un terrain marécageux. Des chasseurs entre les arbres.

3. *Le soir*, un chasseur au bord d'un ruisseau.

AIX-LA-CHAPELLE.

GALERIE SUERMONDT. — *Site des environs de Haarlem*, pris d'un point de vue assez élevé. Une blanchisserie. Au premier plan, à droite, deux pièces de toile étendues sur l'herbe, & un peu plus loin un petit étang; vers le milieu, un groupe de maisons parmi les arbres. Cinq figurines dans les prés de la blanchisserie; sur un chemin en avant, une femme, un enfant & un chien, puis un homme. A l'horizon la ville de Haarlem avec sa cathédrale, ses clochers & ses moulins à vent. Tout le premier plan dans l'ombre. Signé: Ruysdael (le J. et le V. en monogramme sur l'R. — T. h. 5 p. l. 64' — A passé par les collections de lord Cholmondeley, Londres 1831, de lord Northwick, Londres 1838, du baron de Mecklembourg, Paris 1854. Exposé à la *British institution*, à Londres, en 1819. Décrit dans Smith, t. VI, p. 77 & supplément, p. 711. — Parmi les diverses vues de Haarlem par Ruysdael que j'ai rencontrées, celle-ci tient un des premiers rangs. La gradation des teintes est merveilleuse, depuis les ombres de l'avant-plan jusqu'aux effets lumineux dans les fonds (*Catalogue de la collection* par le Dr Waagen, directeur du Musée de Berlin, in-8, Bruxelles 1860.)

ANGLETERRE.

LONDRES.

GALERIE DE LORD ASHBURTON. — Cinq tableaux de petite dimension. Ce qui distingue le plus remarquable d'entre eux, c'est que, comme dans la plupart des toiles d'Hobbema, des bâtisses villageoises y jouent le principal rôle. Les quatre autres, dont chacun a dix pouces de haut & un pied de large, n'appartiennent pas aux meilleurs ouvrages du maître.

GALERIE DE THOMAS BARING esq. — 1. *Mer agitée* avec six navires, côte dans le fond avec une ville.

2. *Champ de blé.*

3. *Des ruines* & une pièce d'eau.

4. *Un moulin à vent* au bord de l'eau sur le premier plan. Dans le fond, une église avec une tour & deux autres tours.

5. *Plaine devant Haarlem*, avec des bâtiments sur la droite & une Blanchisserie sur laquelle tombe un rayon de soleil.

6. *Une cascade* au premier plan, des sapins au fond.

COLLECTION DU DUC DE BEDFORD. — Plusieurs liers.

COLLECTION BREDEL. — Des autres.

GALERIE BRIDGEWATER: — 1. *Une plaine boisée*, aux environs de Haarlem, un rayon de soleil perce au travers des nuages. — H. 1 p. 4 p. 1 2; L. 1 p. 6 p.

2. *Dans un bois* un chemin mène à un village dont on entrevoit l'église; des cavaliers avec une charrette. H. 2 p.; L. 2 p. 8 p. Les figures sont de Wouwerman.

3. *Une écluse*, avec un pont, un moulin à vent & d'autres constructions fortement éclairées par le soleil. H. 2 p. 1 p. 1 4; L. 2 p. 6 p. 3 4.

4. *Une colline boisée* avec une rivière; des pêcheurs retirent leurs filets. H. 1 p. 6 p. 3 4; L. 2 p. 3 8 p.

5. *Un rapide torrent* à travers une épaisse forêt, avec des charbonniers & des bûcherons. H. 2 p.; L. 2 p. 4 p. (provenant de la galerie Lapeyrière).

6. *Une scène forestière* avec une petite cascade sur le devant, à gauche les ruines d'un château; un berger avec son troupeau sur le pont (provenant de la collection de sir Charles Bagot).

COLLECTION DU COMTE BROWNLOW. — *Une campagne* presque plane avec des vaches & des moutons peints par Adrien van de Velde.

COLLECTION DE LORD CARLISLE. — *La côte de Scheveningen*, mer agitée & ciel nuageux avec quelques rares rayons de soleil, copie très-fidèle de la nature.

COLLECTION DE G. FIELD esq. — 1. *Un grand moulin à eau* avec des arbres, le ciel est très-couvert de nuages gris. Grande toile.

2. *Quelques maisons* avec des arbres, une des maisons se trouve éclairée par le soleil & la fumée s'échappe de la cheminée; vers le centre, des chênes & d'autres arbres; vers la gauche, une autre maison avec un arbre. Le premier plan est couvert d'arbustes & d'herbes sauvages. Signé.

3. *Un petit lac*; au centre, une ruine avec un arbre; sur la droite, un petit bois; dans l'intervalle, il y a un chemin avec un homme & un garçon. Monogramme.

COLLECTION DE RICHARD FORD ESQ. — *** *Une sombre forêt* avec une nappe d'eau; trois vaches au premier plan.

COLLECTION OF HAYWOOD HAWKINS ESQ. — *Un paysage* très-vrai, mais un peu dur & macabre; un autre, qui appartient à la même personne également & qui est attribué à Hobbema, doit plutôt être de Ruysdael. Ils ont figuré à l'Exposition de *British institution* 1850 & 1851.

COLLECTION DE M. HENDERSON. — *** *Vue de la ville de Haarlem*, avec la campagne environnante.

COLLECTION DU MARQUIS DE HERTFORD. — ** *Une cascade* sur le premier plan; au milieu, vers la gauche, une colline; à droite, une vue lointaine, avec une légère élévation de terrain & un horizon lumineux; des nuages au ciel (provenant de la collection du baron Denon).

COLLECTION DE F. HEUSCH ESQ. — ** *Une contrée boisée & arrosée*; un ciel sombre, faiblement éclairé par les rayons du soleil couchant.

GALERIE DE R. S. HOLFORD ESQ. — ** *Un village* sur le premier plan, avec un château & un moulin; au fond, dans une riante plaine, la ville de Haarlem avec sa superbe église.

GALERIE DE HENRI THOMAS HOPE ESQ. — *Un cours d'eau* entre deux montagnes couvertes de sapins; au premier plan un pont le traverse, sur lequel passent une femme montée sur un cheval gris, un conducteur & du bétail, peints par Adrien van de Velde. Un branchage desséché occupe le milieu du paysage. C'est l'un des plus grands tableaux de Ruysdael. H. 3 p.; l. 4 p. 8 p.

COLLECTION DE M. ANDRÉ JAMES. — *** *Un petit cottage* de la cheminée duquel s'échappe un mince filet de fumée; devant le cottage une petite mare d'eau. Au fond, une plaine.

COLLECTION DE M. HUMPHREY ST-JOHN MILDMAY ESQ. — 1. *Vue de la côte de Scheveningen*; sur la gauche, s'étend une vaste plage enhardie au loin par un rayon de soleil; derrière, paraît la tour d'un village. Sur la droite, la mer avec deux bateaux de pêcheurs. Sur la côte il y a de nombreuses figures, entre autres trois dames & trois hommes. Toile signée. H. 1 p. 9 p.; l. 2 p. 2 p. Ce tableau, quand il était dans la galerie Choiseul, a été gravé par Le Bas.

** 2. En pendant: *Vue du rivage*, avec la ville de Muyden dans le lointain. Des dunes sur la droite, bordées d'un grand chemin que suivent un officier & deux dames avec un page. Au centre & à droite, là où l'eau est peu profonde, des pêcheurs de crevettes. Sur le bord, un bateau avec deux matelots, à distance, quelques barques de pêcheurs.

COLLECTION DE JAMES MORRISON ESQ. — 1. *Un petit pont* en bois, jeté sur un torrent.

** 2. *Un moulin* sur la gauche; au milieu d'un torrent qui tombe avec impétuosité d'une colline qu'on voit à distance. Le ciel est couvert de nuages chargés de pluie. H. 2 p. 10 p.; l. 3 p. 11 p. 1/2.

COLLECTION DE H.-A.-J. MUNRO ESQ. — * 1. *Un canal* avec le soleil perçant les nuages.

* 2. *Une marine*; navires avec une voile rouge.

** 3. *Une autre marine* très-sombre.

COLLECTION DE M. NELD. — *La côte de Scheveningen*. Figures marchant dans l'eau, par Adrien van de Velde.

COLLECTION DE M. OPPENHEIM. — *Une cascade*.

COLLECTION DE LORD OVERSTONE. — 1. *Une colline boisée*; à gauche, un sentier avec une femme & un enfant sur le premier plan; sur la droite, une hauteur le long d'une pièce d'eau sombre. H. 1 p. 7 p.; l. 2 p. 1 p. (provenant de la collection d'Edouard Gray Esq.)

2. *Une cascade* de moyenne grandeur sur le devant. Au centre, se trouve une maison qui se reflète dans l'eau dormante au-dessus de la cascade avec un groupe d'arbres. A droite, il y a un bois devant une colline dont la perspective est très-étendue. Signé. H. 2 p. 3 p.; l. 1 p. 8 p. 1/2.

**** 3. *Une cascade*; contrée montagneuse coupée sur la droite par un précipice avec un torrent rapide. Une église dans le lointain & des collines bleues à l'horizon. Toile signée. H. 3 p. 6 p.; l. 4 p. 11 p.

4. *Une colline boisée* à droite avec un horizon étendu; un chemin que suivent deux hommes qui causent; quatre moutons; sur le premier plan, des arbres abattus; sur la gauche une pièce d'eau, & derrière une colline. — H. 3 p. 6 p.; l. 4 p. 2 p. 1/2.

5. *Deux moulins à vent sur un canal*; sur la droite, des arbres avec un pont que traverse un homme. Sur bois. H. 1 p. 1 p. 2 p.; l. 1 p. 2 p.

GALERIE DE SIR ROBERT PEEL. — 1. *La cascade*. H. 2 p. 8 p.; l. 3 p. 3/4 p. (provenant de la collection Brentano d'Amsterdam, achetée par sir Robert Peel de la collection de lord Charles Townshend.

2. *Un canal glacé* que côtoie une route. H. 1 p. 8 p.; l. 2 p. 1 p.

3. *Une forêt de chênes* avec une pièce d'eau & un ciel couvert. Un chasseur au milieu des arbres, & un chien blanc courant à travers les marécages.

COLLECTION DU TRÈS-HONORABLE EDMOND PHIPPS. — 1. *Une chênaie* sur une hauteur; un groupe de figures & du bétail par Adrien van de Velde.

2. *Une vue d'hiver* avec un chaud soleil.

COLLECTION D'ABRAHAM ROBARTS ESQ. — *Une cascade* partagée par des rochers sur le premier plan. Au centre, il y a deux légères éminences entre lesquelles courent les eaux. Sur la hauteur, à gauche, un berger avec un troupeau de moutons. Les rochers & quelques nuages sont éclairés par le soleil de l'après-midi.

COLLECTION DU BARON LIONEL DE ROTHSCHILD. — 1. *Une sombre forêt* éclairée par un rayon de soleil.

2. *Une forêt* avec de l'eau. Figures d'Adrien van de Velde.

COLLECTION DE RICHARD SANDERSON ESQ. — *** 1. *Une riche plaine* très-étendue avec des villages, des bosquets, des prairies & des champs de blé; sur le premier plan, les ruines d'un château se reflètent dans une pièce d'eau dormante, dont la surface est en partie recouverte de feuilles. Figures d'Adrien van de Velde.

2. *Une grande cascade* se précipitant au milieu de rochers dans une contrée sauvage.

STAFFORD HOUSE. — Arbres au premier plan, avec bétail peint par Adrien van de Velde. Une plaine au fond, avec les ombres des nuages.

COLLECTION DE LORD WARD. — Un petit paysage d'hiver.

COLLECTION DE M. WOMBWELL. — 1. *Une rivière* bordée de chênes. Signée & datée 1652.

2. *Quatre beaux chênes* au premier plan; en face sont des tours en pleine lumière; sur le devant, une pièce d'eau & des rochers qui s'y reflètent. Signé & daté 1669.

3. Au premier plan un arbre très-éclairé, au centre une forêt, de l'autre côté s'étend une plaine d'un ton très-délicat. Signé.

COLLECTION DE WYNN ELLIS esq. — 1. *Vue d'hiver* avec des moulins à vent, dans le lointain, des bâtiments éclairés par le soleil.

2. *Ruines* au premier plan; de l'eau avec des canards; au centre, un village assombri par les nuages; dans le fond, une plaine avec un rayon de soleil. Figures de van de Velde. C'est un chef-d'œuvre.

3. *Un moulin à eau*, collines dans le fond.

4. *Ruines au bord de l'eau.*

5. *Une petite cascade sombre* qui contraste agréablement avec un ciel ensoleillé.

DANS LES COMTES.

GALERIE DULWICH COLLEGE. — *Une cascade* formant plusieurs chutes d'eau & des rochers couverts d'écume au premier plan. Toile. H. 3 p. 6 p.; l. 2 p. 10 p

COLLECTION DE M. HENRI LABOUCHÈRE, à Stoke, près de Windsor; un grand & sombre paysage.

CLEWER PARK, résidence de M. Forster esq. — * * *Une vue de l'Y* avec un ciel nuageux & une eau agitée, au premier plan il y a des palissades couvertes par le courant, avec un rayon de soleil.

* * * *Un moulin à eau*, une maison en briques & une forêt sur la gauche. Entre le moulin & la maison il y a l'écluse, d'où l'eau s'échappe & coule dans un torrent écumeux tout le long du premier plan. Sur la droite, des buissons clair-semés & des plantes aquatiques. Au centre, un homme & un chien blanc. Sur le devant, deux grandes pierres, des buissons & des herbes sauvages. A appartenu à Casimir Périer, puis à M. Brown. Sur bois. Signé & daté 1653. H. 1 p. 10 p. 1/2; l. 3 p. 3 p.

PETWORTH, résidence du colonel Egremont Wyndham. — 1. *Une cascade.*

2. *Une cascade.*

WORCESTER COLLEGE, à Oxford. — *Superbe chêne* au centre; il se reflète avec d'autres arbres dans une mare; plantes aquatiques sur le devant. Un rayon de soleil éclaire fortement un nuage & tombe sur un champ de blé situé sur la droite, près d'une colline de sable.

BOWOOD: Collection du marquis de Landsdowne — * * 1. *Une tempête*; au premier plan, deux jetées contre lesquelles les vagues viennent se briser. Un rayon momentané de soleil, perçant à travers les nuages chassés par l'orage, jette une légère lumière sur les piles. Auprès d'une espèce de phare, il y a deux matelots avec des cros, dans l'intention de secourir un bateau qui entre au port. Deux autres bateaux ont jeté l'ancre.

2. *Vue prise du haut d'une montagne* sur une ville avec une rivière. H. 1 p. 4 p. 1/2; l. 1 p. 4 p. 1/2.

3. *Un paysage* dénudé un peu montagneux, avec une rivière. Sur la route, deux hommes & une charrette chargée de foin. H. 1 p. 12 p.; l. 1 p. 4 p.

COLLECTION DE LORD NORTHWICK, à Thirlestaine House. — * *Un paysage avec une cascade*; au fond, une haute colline.

COLLECTION DE M. MARTIN, à Ham Court. — *Un paysage avec une cascade.*

INSTITUTION ROYALE D'ÉDIMBOURG. — 1. *Une campagne boisée*, avec une eau dormante dans laquelle on pêche.

* * * 2. *Un paysage avec une vue lointaine* sur une plaine; des arbres au centre. Au premier plan, un groupe de chênes avec une rivière, dans laquelle trois cavaliers abreuvent leurs chevaux, pendant que d'autres personnes y pêchent. (Figures de Wouwerman.)

Une marine avec des vagues agitées & des bateaux de pêcheurs sur la côte de Hollande.

COLLECTION DE M. M'LELLAN, à Glasgow. — 1. *Vue de la ville et du lac de Katwyck* près de Scheveningen, qu'on aperçoit sous les ombres d'un nuage obscur, tandis que la mer est éclairée par un rayon de soleil.

* * 2. *Un paysage très-boisé*; au premier plan, deux hommes pêchent dans une sombre pièce d'eau, sur laquelle on voit des canards; des montagnes au fond.

COLLECTION DU DUC DE BUCCLEUCH, à Dalkeith-Palace, près d'Édimbourg. — *Un paysage boisé.*

COLLECTION DE M. WYNN, à Nostall-Priory. — *Un canal* avec des maisons & des arbres.

COLLECTION DU DUC DE RUTLAND, à Belvoir-Castle. — 1. *Une marine* avec une eau très-agitée, le rivage au loin.

2. *Une autre marine* avec le rivage au premier plan.

COLLECTION DU MARQUIS D'EXETER, à Burleigh House — * *Une cascade*; un autre tableau attribué à Ruysdael est d'une origine douteuse.

COLLECTION DE M. ANDRÉ FOUNTAINE esq., à Narford. — 1. *Une marine*; vaisseau avec une voile brune.

2. *Un rivage* avec un ciel nuageux.

3. *Une plaine* avec des champs ensoleillés.

4. Un petit tableau (véritable perle).

COLLECTION DU COMTE D'ORFORD, à Wolverton. — * * *Une marine*, violent orage avec un rayon de soleil sur les vagues.

COLLECTION DU MARQUIS DE BUTE, à Luton-House. — * * * * 1. *Une contrée sauvage* pleine de rochers, avec des sapins élevés, une colline couronnée d'une ruine & une cascade se précipitant entre des rochers escarpés. Quelques rares moutons animent seuls cette scène solitaire. H. 4 p.; l. 5 p. 10 p.

2. *Une contrée plate*, avec un torrent rapide au premier plan; sous un des arbres il y a des bergers avec quelques moutons; au coin, éclairées par un rayon de soleil, une église de village & quelques maisons. H. 2 p. 2 p.; l. 2 p. 6 p.

Peint par J.Ruysdaël.
Dessiné et gravé à l'eau forte par Br. Rolin
Brilled imp Paris

LA CASCADE

3. **** *Intérieur de la nouvelle église d'Amsterdam.* Figures de Wouwerman (unique dans son genre).

COLLECTION DE LORD JERSEY, à Osterley-Park, près de Hounslow (Middlesex). — *Un grand paysage avec un hêtre magnifique,* & une pièce d'eau avec des fleurs aquatiques, visibles au premier plan. A gauche, une trouée à travers des arbres. A droite, un vaste horizon. Figures par Berchem. H. 4 p. 1 2; L. 6 p.

COLLECTION DE JOSEPH SANDERS ESQ., à Taplaid-House, près de Maidenhead. — ** *Une cascade* sur la droite, au premier plan; au fond, des montagnes. Sur la gauche, au sommet d'une colline, une maison entre deux sapins & d'autres arbres. Une pièce d'eau & les nuages sont illuminés par le soleil.

COLLECTION DE M. WALTER, à Bearwood, près de Reading. — *** *Vue du château des comtes de Bentheim* sur le Rhin inférieur (tableau qui est plus grand & plus beau que les deux autres tableaux sur le même sujet).

COLLECTION DU RÉVÉREND HEATH, vicaire d'Enfield. — *Un sombre paysage avec un vieux chêne;* au centre, sur une sombre pièce d'eau, deux gros cygnes & quatre petits. A droite, vers le centre, il y a une forêt; à gauche, un horizon montagneux.

COLLECTION DE LORD ENFIELD, à Wrotham-Park. — 1. *Cabanes entre des arbres.* Sur une route, quatre bœufs & un berger.

2. *Un paysage montagneux* avec des arbres, une cascade de moyenne grandeur séparée en deux parties.

COLLECTION DE VERNON-HARCOURT, Nuneham-Park, près d'Abingdon Road, non loin d'Oxford. — 1. *Paysage avec une petite cascade* au premier plan.

2. *Cascade* au premier plan; au centre, une maison avec un toit rouge. A gauche, vers le fond, une colline couronnée de bâtiments.

COLLECTION DE LORD FOLKESTONE, à Longford Castle. — *Un clair de lune* (grande toile.)

COLLECTION DU COMTE DE NORMANTON, à Somerley, près Ringwood (Hampshire). — 1. ** A droite & à gauche, des maisons; au centre, une petite forêt avec un horizon lointain. Au premier plan sur un chemin, un homme & une femme.

2. ** Tout à fait sur le devant il y a la chute d'eau d'un torrent; à gauche, une colline boisée avec un moulin à eau, des maisons & une église. A droite, sur le premier plan, un arbre; un berger assis avec son chien. Sur bois.

COLLECTION DE SIR WILLIAM KNIGHTON BART, à Blendworth Lodge (Hampshire). Il y a, paraît-il, des tableaux de Ruysdael.

COLLECTION DE M. SEYMOUR, à Knoyle House près Hindon (Wiltshire): — *Une cascade.*

COLLECTION DE M. EDWIN BULLOCK ESQ. Hawthorn House, à Handsworth, près de Birmingham. — *Un paysage.*

COLLECTION DE JOSEPH GILLOTT, ESQ., à Edgbaston, près de Birmingham. Deux tableaux.

COLLECTION DU COMTE DE BURLINGTON, à Halkerhall (Lancashire). — 1. A droite une éminence avec des arbres, à côté, un chemin; à gauche, une forêt.

2 & 3. Deux paysages.

4. *** A gauche, sur le premier plan, une cabane, des arbres, entre autres un saule. Juste sur le devant, une pièce d'eau. A droite, entre des broussailles, deux hommes & un garçon. De légers nuages. Au centre, dans le fond, un moulin à vent.

5. *Vue d'une vaste campagne unie,* éclairée par-ci par-là par des rayons de soleil.

COLLECTION DU COMTE DE WEMYSS, à Gosford House. — 1 & 2. ** *Deux vues de la plaine et de la ville de Haarlem.*

3. ** *Scène d'hiver.* A gauche, une colline avec une maison & des arbres sont couverts de neige. Le tout, illuminé de soleil, fait un contraste avec les sombres nuages.

4. ** *Un canal* s'étend du premier plan au fond du tableau; des ruines avec des arches sur la rive droite. A gauche, des saules & deux petits bateaux avec un homme dans l'un d'eux. Des nuages en partie gris, en partie illuminés par le soleil.

COLLECTION DE SIR HUGH HUME CAMPBELL, à Marchmont House (Berwickshire.) — 1. **** *Une scène forestière.* Au premier plan, des masses de rochers à travers lesquels un large ruisseau tombe en légères cascades. Sur le banc de rochers sont jetés un hêtre argenté & un chêne; vers le fond, des arbres élancés de différentes espèces. Tout au loin, un homme en jaquette rouge, une femme & des moutons. H. 3 p. 2 p.; L. 3 p. 11 p.

2. *** *Un groupe d'arbres* dont les troncs se reflètent dans l'eau qui occupe la plus grande partie du premier plan. Deux arbres abattus se trouvent sur la gauche, & derrière ces arbres, deux vaches, quelques moutons, un homme & un chien. A l'horizon la tour d'une église & quelques maisonnettes. H. 3 p. 2 p.; L. 3 p. 11 p.

3. *Un cottage.* H. 10 p.; L. 13 p.

COLLECTION DU COMTE DE DUNMORE, à Dunmore Park, près de Falkirk. — 1. ** A droite, sur le premier plan, une pièce d'eau avec soleil au-dessus. Sur la gauche, une forêt que traverse un chemin, sur lequel une personne assise cause avec une autre qui se tient debout. Un ciel très-pur.

2. ** Un très-petit paysage. A droite, un rocher entre des arbres; à gauche, une pièce d'eau.

COLLECTION DE W. W. BARROW ESQ. — *Une forêt obscure,* avec une éclaircie au centre. Au premier plan, deux arbres élancés, sous lesquels est assis un chasseur avec son chien. Derrière, un lac & des collines. Sur le bord du lac, un homme & une femme avec un âne & un mouton. Sur bois.

COLLECTION DU COMTE DE YARBOROUGH, à Brocklesby (Lincolnshire) — *Une cascade.* Au centre du tableau, une colline.

COLLECTION DU DUC DE NEWCASTLE, à Clumber Park (Nottinghamshire). — 1. *** *Une mer orageuse* avec des pilotis sur le premier plan. Plusieurs bateaux, dont un avec une voile rouge. A gauche, un môle; à droite au loin, un vaisseau.

2. **** *Une éminence boisée,* avec une maison au-dessus, se trouvant en partie éclairée par le soleil; devant la maison, un jardin & un champ en plein soleil.

COLLECTION DU DUC DE PORTLAND, à Welbeck Abbey (Nottinghamshire.) — Un paysage avec de grands chênes, & une pièce d'eau. Figures au premier plan.

COLLECTION DE MATHIEU ANDERSON ESQ., à Jesmond Cottage, près de Newcastle. — Une vue étendue avec une colline de sable apparente. Des figures & des animaux par Berchem.

(Voy. *Treasures of art in Great Britain,* by Dr Waagen, director of the royal Gallery of pictures, Berlin, 3 vol. in-8. London, 1854 — avec le supplément, publié par le même auteur sous le titre: *Galleries and cabinets of art in Great Britain,* 1 vol in-8. London, 1857. — Le nombre des astérisques marque le plus ou moins d'importance du tableau.)

Nous joindrons les indications suivantes tirées de Nagler :

GALERIE DE LORD DUDLEY. — *Une plaine à perte de vue.* C'est l'une des toiles du maître les mieux finies; elle est datée de 1660.

GALERIE DU COMTE HOME. — *Un champ de blé*, avec un nombreux troupeau dû au pinceau d'Adrien van de Velde.

GALERIE DU COMTE HUYSEN : — 1. *Paysage semé d'arbres et de flaques d'eau* avec un ciel sombre qu'éclairent à peine les rayons du soleil couchant.

2. *Une forêt au bord d'un cours d'eau & une petite cascade.*

Le même auteur signale comme ayant figuré à l'Exposition de la *British Institution* : une mare, ombragée de grands arbres & sur les eaux de laquelle s'étalent des fleurs de lotus. (C'est le même que celui qui est à Worcester College.)

W. Bürger, dans le compte rendu qu'il a donné de l'Exposition artistique de Manchester en 1857, parle de Ruysdael. Nous en extrairons quelques renseignements. Il décrit comme il suit plusieurs tableaux déjà cités plus haut :

Le paysage de Worcester-College : *Une mare*, avec des herbes aquatiques & des nénuphars, qui s'épanouissent à la surface, sous l'ombre de grands arbres, parmi lesquels un magnifique chêne dont le tronc est large de 2 à 3 pouces : c'est un des plus grands arbres que Ruysdael ait faits. Cette futaie s'étend sur la gauche, & beaucoup d'arbres abattus gisent au bord de l'eau. Un chemin qui, vers le milieu du paysage, vient aboutir à la mare, se détourne sur la droite, où sont de petits monceaux & de pierre. Tout à fait à droite, percée de ciel & lointaine. H. 4 p.; L. 6 p.

Vue du château de Bentheim, sur le Rhin, à John Walter, signé & daté 1653. H. 4 p.; L. 5 p. Le temps est gris, il y a peu de lumière sur la campagne. Le mamelon sur lequel se dresse le château ne reçoit point de soleil, & tout le bas du terrain en avant, avec des murs en espalier, des haies, de petits pâturages entourés d'arbres, sont dans l'ombre.

Vue de l'Y près d'Amsterdam, à M. Edmund Forster. Très-belle marine. Temps d'orage : l'eau s'agite sous la pression de gros nuages qui couvrent le ciel.

J. Ruysdael a fait, en collaboration de Philippe Wouwerman, un petit bijou qui n'a pas plus de 1 pied de haut sur 1 pied 1/2 de large. Appartenant au docteur Barker. Au milieu, une chaumière délabrée sur le chemin; devant la maison, un cheval blanc à selle rouge, vu de croupe & tenu par un gamin en bleu; le cavalier, en beau chapeau à plumes & manteau gris, est retourné contre le mur de la maison à la façon des bonshommes de Teniers. En avant est assis un homme qui caresse un chien. A droite, deux autres chaumières, à gauche un paysage vert. C'est de la plus fine & de la plus charmante exécution des deux maîtres.

Bürger signale en outre :

Un paysage appartenant à M. W. Wells. *Tronc d'arbre dépouillé* dessinant sa charpente séculaire sur d'autres arbres. 4 p. 8 p. sur 3 p. 9 p.

Solitude, paysage du révérend F. Leicester : un étang sombre, puis de grands arbres, entre lesquels on aperçoit des ruines en pleine lumière; derrière les ruines, un fond de forêt. A droite un chemin, des troncs d'arbres abattus & un pays sans accident de terrain. Signé.

Au même, une *petite cascade* de la collection de lady Stuart.

Effet d'orage, une marine à lord Hatheron.

Groupes d'arbres avec un coup de soleil, à M. Edward Loyd.

Un paysage, à M. T. Townend.

Et enfin, dans le style de Philippe Koninck & de Rembrandt, un petit ciel-d'azur? non catalogué & qui doit s'intituler *La moisson*; des champs avec des gerbes qu'on vient de couper.

(Voyez *Trésors d'art en Angleterre*, par W. Bürger, 3e édition, Paris, 1865. Un vol., in-12, p. 294-297.)

AUTRICHE.

VIENNE.

GALERIE DU BELVÉDÈRE. — 1. Une partie de forêt traversée par un ruisseau qui baigne une chaussée. (L'une des toiles de grande dimension & de premier ordre.)

2. Un coucher de soleil. A droite, au bord de l'eau, plusieurs vaches.

3. Un ruisseau s'échappe d'un terrain rocailleux que traverse un groupe nombreux.

4. Paysage boisé, avec des baigneurs.

ACADÉMIE DES BEAUX-ARTS. — 1. Un soir, une vallée plantée de chênes, du bétail peint par Romeyn.

2. Les ruines d'un vieux château.

GALERIE DU PRINCE ESTERHAZY. — Une cascade.

GALERIE DU COMTE SCHÖNBORN. — 1. Une moisson (superbe soleil).

2. Un château sur une hauteur.

GALERIE DU PRINCE LICHTENSTEIN ET DU PRINCE CZERNIN. — Il se trouve de toiles du maître; elles ont été copiées par Steinfeld.

BELGIQUE.

BRUXELLES.

MUSÉE ROYAL. — Paysage avec une pièce d'eau, entouré d'une forêt. H. 61 centimètres; L. 80 centimètres.

BOHÊME.

PRAGUE.

GALERIE MUNICIPALE. — Une cascade.

DANEMARK.

COPENHAGUE.

GALERIE ROYALE. — 1. *Une contrée montagneuse avec des cascades.*
2. *Rochers avec cascades.*
COLLECTION BUGGE. — 1. *Une contrée montagneuse*, une ville sur des rochers au pied desquels coule une rivière. Le ciel est nuageux, le ton du tableau indique l'automne.
2. *Un torrent bouillonnant* au premier plan, une plaine à perte de vue, un ciel gros d'orages.
3. *Des chênes* derrière lesquels se déploie un horizon étendu; des brebis & des bœufs occupent le premier plan.

ESPAGNE.

MADRID.

MUSÉE. — Deux tableaux représentant des *intérieurs de forêt.*

FRANCE

PARIS.

MUSÉE DU LOUVRE. — 1. *La forêt coupée par une rivière où viennent s'abreuver des animaux.* Les figures sont de Wouwerman, le bétail de Berchem. (C'est un tableau de la belle époque du maître.)
2. *Le coup de soleil.* Une vaste plaine ouverte de trois côtés, au milieu de laquelle s'élève un monticule avec une tour & un moulin à vent; le soleil éclaire des nuages chargés de pluie.
3. *La tempête* (l'un des chefs-d'œuvre du maître).
4. *Le buisson*, autre chef-d'œuvre.
5 & 6. Deux petits tableaux très-estimés.
(Voyez catalogue du Musée du Louvre.)
COLLECTION DE M. LE COMTE DUCHATEL. — *Le torrent*, provenant de la galerie van den Schrieck, de Louvain. H. 0,98 cent., l. 0,84 cent.
COLLECTION DE M. EUGÈNE DUTERT. — *Paysage avec cascade.* H. 0,68 cent.; l. 0,53 cent.
COLLECTION DE Mme GABRIEL DELESSERT. — *Paysage.* H. 0,74 cent.; l. 0,92 cent.
(Exposition rétrospective du palais des Champs-Élysées, mai 1846.)
COLLECTION DU BARON JAMES DE ROTHSCHILD. — Deux cascades.
COLLECTION PEREIRE. — Des paysages.
COLLECTION DU MARQUIS DE COLBERT-CHABANNAIS. — 1. *Une entrée de forêt.*

2. *Une chasse au lièvre.*
3. *Le champ de blé* (un chef-d'œuvre).
COLLECTION DU BARON CLARY. — Des paysages.
COLLECTION DU PRINCE CZARTORYSKI, à l'hôtel Lambert. — 1. *Un torrent.*
2. *Une ferme hollandaise.*
(Voyez l'article de W. Bürger sur les collections particulières dans le *Paris-guide*, gros vol. in-18, 1867.)

GALERIE KHALIL-BEY. — *Un moulin à vent* qui, au dire de Théophile-Gautier (*Moniteur* du 14 décembre 1867), vaut les morceaux les plus vantés du maître.
COLLECTION DE M. CLAVÉ. — *Les environs de Haarlem.*
LA GALERIE SALAMANCA, qui a été mise en vente en juin 1867, possédait trois Ruysdael:
1. *Entrée de forêt:* au premier plan, une flaque d'eau qui recouvre, en partie un chemin sablonneux, se dirigeant de gauche à droite & se perdant au fond; entre des collines boisées qui occupent l'arrière-plan & se confondent à l'horizon. Sur ce chemin, encore détrempé par la pluie, un pâtre chasse devant lui un troupeau de moutons; à droite, une paysanne, tenant par la main un jeune enfant & suivie d'un chien, traverse un sentier gazonné & semble vouloir prendre la même direction que le pâtre. A gauche commence & s'étend largement un bois dont les hautes & épaisses futaies ensevelissent cette partie du tableau dans une ombre de plus en plus profonde. Provient de la vente Pat...eau. Toile. H. 5.. cent.; l. 59 cent.

2. *Paysage.* A gauche, entrée d'une forêt dont les arbres couvrent de leur ombre une chaumière auprès de laquelle sont deux figures; un villageois, suivi d'un chien, descend un chemin sablonneux qui aboutit à une nappe d'eau au premier plan; à droite, deux figures près d'une barrière en treillage rustique, au delà s'étend un paysage formé de coteaux sablonneux, entrecoupés de massifs. Un ciel nuageux éclaire harmonieusement le sujet. Toile. H. 63 cent.; l. 80 cent.

3. *Le petit abreuvoir.* Gravé sous ce titre par Masquelier & Lebas. Au fond, deux coteaux boisés, au centre desquels est une route que suit un villageois. A gauche, terre siliceuse couronné de massifs. A droite, sur le bord d'un chemin, un grand chêne. Au premier plan, une mare où se désaltèrent quelques moutons sous la garde de deux bergers. Ciel bleu traversé de quelques nuages gris ou dorés. Les figures sont traitées dans le genre de van de Velde. Signé en bas, à droite, des initiales J. R. Toile. H. 60 cent.; l. 71 cent.

(Voyez galerie Salamanca, grand in-8. Paris, 1867.)

HOLLANDE.

AMSTERDAM.

MUSÉE MUNICIPAL. — 1. *La cascade.* Tout le premier plan est couvert d'eau & d'écume. A gauche, des bouquets d'arbres, & au fond une tour; à droite, des collines avec un château. Gravée ódle de plus de 3 pieds de large & de près de 4 pieds de haut. La signature est entière : *Ruisdael*, le jambage vertical de R se terminant en J & portant accolé le petit v pour *van*.

2. *Un pays sauvage et montueux*, avec un torrent qui tombe en avant parmi des rocs & des troncs d'arbres brisés. Un berger & son troupeau passent le long d'une route raboteuse sur la pente d'une colline. A gauche, au sommet des rochers, un grand bâtiment qui ressemble au château de Bentheim tant de fois peint par Ruysdael. « *A clear and beautiful production.* » dit Smith. Sur toile; haut. de 2 v. 2 p.; l. de 1 v. 9 p.; signé.

(Voyez *Musées de la Hollande* : Amsterdam & la Haye, études sur l'école hollandaise, par W. Bürger, Paris, 1858, p. 149, 150.)

Voici la description que donne de ces deux tableaux le catalogue officiel d'Amsterdam :

1. *La cascade.* H. 110 cent.; l. 99 cent. Toile. Vallée rocailleuse & couverte de végétation ; elle est dominée des deux côtés par des châteaux bâtis sur la crête des rochers. Au centre coule une rivière; le long du rivage, du côté gauche, croissent des chênes de haute futaie. Vers l'avant-plan, la rivière prend toute la largeur du tableau & forme, en passant par-dessus des fragments de roche, une cascade dont les flots se brisent sur d'énormes pierres & rejaillissent en écumes sur des troncs d'arbres entraînés; au flanc des collines, on aperçoit des bergers conduisant leurs troupeaux. Signé : *Ruisdael*.

2. *Le château de Bentheim.* H. 65 cent.; l. 52. Toile. Dans un paysage rocailleux & sur une hauteur se dessine une partie du château de Bentheim, & derrière la colline sur laquelle il est situé, un massif d'arbres & un lointain montagneux. Au pied du castel, un pâtre conduisant son troupeau de brebis. Vers l'avant-plan, on aperçoit une large mare d'eau formant, entre des fragments de roche & sous le tronc d'un arbre renversé, une petite cascade qui arrête l'avant-plan dans toute son étendue. Le ciel est couvert de nuages gris détachés, laissant percer par intervalles les rayons du soleil qui éclaire le paysage en partie & principalement le derrière du château & le massif du roc sur l'avant-plan. Signé : *Ruisdael*. (Vente du baron Taets van Amerongen, 1805. 750 f. Vente de Smeth, 1810, Amsterdam, 710 f.)

(Voyez *Notice des tableaux du musée d'Amsterdam* avec des fac-simile des monogrammes. Amsterdam, 1856.)

MUSÉE VAN DER HOOP. — 1. *Vue prise de Wijk*, près Duurstede (Wijk, sur la côte de la mer du Nord, entre Haarlem & Alkmaar). Au premier plan, & sur toute la gauche, l'eau avec une barque à voiles; un grand navire dont on aperçoit les mâts est retiré dans une petite anse vers le milieu. A droite, sur une langue de terre avancée, bordée de pieux & de fascines, un moulin à vent; en arrière une maison, & à l'horizon le haut d'une tour d'église; un peu à gauche du moulin, à un plan éloigné, un château à tourelles. En avant du moulin, sur le chemin qui y conduit, vont trois paysannes en tablier blanc, l'une avec une coiffe blanche, les deux autres avec des coiffes jaunes. On distingue encore quelques autres figurines du côté de la petite anse où est réfugié le vaisseau. Le ciel est gris, avec des nuages gris, tout du même ton, incomparable. La signature est à droite, en bas. La toile peut avoir 3 pieds & demi de large sur environ 3 pieds de haut. — Les trois femmes à tablier blanc m'ont fait songer à van der Meer de Delft. Ce tableau peut être classé parmi les œuvres les plus extraordinaires de Ruysdael, à côté de la superbe *Tempête* du Louvre; il doit être de la même époque.

2. *Un moulin*, cette fois non avec des ailes au vent, mais avec une roue dans l'eau. Sur la droite travaillent des bûcherons. Forte peinture, mais un peu sombre.

3. *Une grande cascade*, 6 pieds de large sur 4 de haut. L'eau bondit & écume sur tout le premier plan, de travers au travers de la toile. Au-dessus de ce large torrent, la moitié droite est occupée par de grands arbres, sous lesquels quatre figurines. A gauche, en avant, des bosquets d'arbustes, dans l'ombre, un troupeau de moutons passe le ruisseau. Au fond, après des prairies, un clocher à l'horizon. C'est très-vigoureux, très-riche & très-beau.

4. *Site de Norvège*, grand tableau, large d'environ 5 pieds. Le torrent caracole parmi de petites roches. A gauche, sur des blocs de pierre, une maison, des groupes d'arbres & un grand arbre isolé, qui se détache seul au premier plan. Habilement peint, mais le véritable accent de la nature y manque, car il est certain que Ruysdael n'a jamais été en Norvège & qu'il s'est livré aux cascades & aux rochers par simple camaraderie avec van Everdingen, dont les paysages abrupts, si étrangers à la Hollande, surprirent & enthousiasmèrent les Hollandais. — C'est, je pense, de 1645 à 1650 que van Everdingen avait eu occasion d'étudier la nature norvégienne & qu'il en avait rapporté une quantité prodigieuse de dessins qui défrayèrent son talent toute sa vie, en peinture & à l'eau-forte, & qui séduisirent le jeune Ruysdael. On arrivera peut-être à prouver que les cascades rocheuses de Ruysdael, simulant un pays qu'il n'avait jamais vu, sont toutes de sa première manière.

(*Musées de la Hollande*, par W. Bürger, II. Paris, 1860, p. 132-138.)

DORDRECHT.

COLLECTION DUPPER. — *La blanchisserie d'Overveen*, répétée en triple dans ladite collection Dupper, dans celle de Suermondt à Aix-la-Chapelle & au musée de la Haye, est de la même période que le *champ de blé* de Rotterdam. (Voyez Bürger.)

LA HAYE.

MUSÉE : 1. *Du côté d'Overveen, on voit dans le lointain la ville de Haarlem*, ainsi catalogué. Cette vue est prise à vol d'oiseau, d'un point élevé. Au premier plan, une prairie plate & rase où sont étalées sur l'herbe de longues bandes d'étoffe blanche. Les maisons de la blanchisserie se groupent un peu à gauche. Au delà, l'œil se perd sur une campagne unie, presque sans arbres & sans habitations jusqu'à la ligne du ciel. La ville & un clocher de Haarlem se distinguent à peine, bien loin, bien loin à l'horizon. Et ces lieues de pays sont représentées sur une petite toile haute de 1 v. 8 p.! — Ce tableau rappelle le style de Philippe Koninck & de Rembrandt. — Signé à droite : Ruisdael. A la vente Gerrit-Muller, Amsterdam, 1827, ce chef-d'œuvre a été payé 6,700 florins. « Rien de plus parfait n'est jamais sorti du pinceau du maître, » dit Smith. En effet, outre la solitude des terrains, frappés de coups de soleil en certains endroits, la perspective aérienne & le ciel mélangé de gris de fer & de gris d'argent, sont des prodiges.

2. *Un rivage* représentant la côte de Scheveningen, par une fraîche brise, avec des nuages qui annoncent un grain. C'est dans ces caprices de la nature que Ruysdael montre sa poésie. Ici nous avons à la fois une marine & un paysage; les dunes de sable à droite,

LE MATIN

& sur la gauche de petites barques à flot. La plage est animée par beaucoup de petites figures, hommes & femmes qui s'y promènent. Je ne saurais dire l'auteur de ces excellentes figurines, peut-être Storck. La toile a environ 2 p. de large. Vendu 1,165 florins en 1808, à la vente van der Pot.

3. *Une cascade*. Ruysdaël en a peint beaucoup; mais celle-ci est d'un ton particulier, assez rapproché des verts glauques de Hobbema. L'eau tombe, rebondit, mousse, scintille en avant. A gauche, un fond de forêt; à droite, un coteau surmonté d'un édifice. Beau ciel orageux. Haut., 2 p. 3 p.; largeur, 1 p. 9 p.

(*Musées de la Hollande* : Amsterdam & La Haye, par W. Bürger, p. 270-272.)

ROTTERDAM.

Musée : 1. *Vue du château de Bentheim*, que le maître a représenté plusieurs fois, « admirable tableau fait avec un soin prodigieux & d'une parfaite conservation, » dit M. Viardot. Haut. 1 mètre 57 cent.; largeur, 1 mètre 2 cent. Signé.

2. *Le champ de blé*, avec un grand arbre sur une éminence à droite, & à gauche un fond de marine; un coup de soleil blondit les blés déjà presque mûrs; cet effet de lumière capricieuse, la couleur du ciel, la solidité des terrains, le caractère tout entier de ce paysage découvert, tiennent de Rembrandt; ce petit chef-d'œuvre doit avoir été peint au moment où Jacob van Ruysdael se tourmentait du prodigieux artiste d'Amsterdam & suivait ses traces, presque dans le même sentiment que Philippe Koninck. Signé.

3. *Un chemin*. Ce petit chemin sablonneux, glacé d'un ton gris sur la nappe de sable, s'en va de travers, entre des arbres, du côté où rayonne le soleil à l'horizon; il y a un peu d'eau en avant. C'est tout, mais c'est très-poétique & d'une finesse exquise.

(*Musées de la Hollande*, par W. Bürger, II⁰ vol., p. 299-300.)

ITALIE.

FLORENCE.

Galerie des *Uffizi* : *Une plaine*, un chêne dans le fond; le moment choisi est celui qui succède à la tempête, un troupeau de moutons dans l'ombre.

Galerie *Pitti* : *Une bruyère*, que traverse un ruisseau.

RUSSIE.

PÉTERSBOURG.

Galerie de l'Ermitage :

1. *Un marécage dans la forêt*; quelques canards au premier plan.

2. *La forêt, avec un chasseur et deux chiens*.

3. *La forêt*. A droite, au bord d'un ruisseau, un grand arbre desséché; un homme causant avec deux femmes.

4. Paysage. *Un chemin conduit vers le village*, dont on aperçoit la flèche de l'église; un paysan, suivi d'un petit garçon, porte de l'eau.

5. Paysage. *Un arbre desséché au premier plan*; plus loin, une femme avec un garçon & un chien; des cabanes au fond.

6. *Un chemin rustique*.

7. *Petit chemin sablonneux*; un voyageur y repose; des arbres au second plan; un clocher au fond.

8. *Un étang entouré d'arbres* qui laissent voir une ferme; au fond, un moulin à vent & un clocher.

9. *Une cascade*.

10. *Une rivière dans la forêt*.

11. *Site montagneux*; la cime d'une des montagnes couvertes de nuages; à ses pieds coule une rivière : à droite un moulin & un château au fond.

12. *Environs de Groningue*.

13. Paysage. Au premier plan, *un pâtre avec son troupeau de moutons*; un tronc desséché jeté sur le chemin; à gauche, on entrevoit à travers les arbres un champ de blé.

14. Paysage. A droite, *trois grands arbres au bord d'un chemin*, où l'on aperçoit trois pêcheurs. A gauche, un grand tronc & des buissons au bord d'un étang. Un troupeau de moutons au fond.

(Voy. *Catalogue de l'Ermitage*, vol. in-8°. Saint-Pétersbourg, 1866.)

ESTAMPES GRAVÉES PAR JACOB RUYSDAEL

1. *Le petit pont.* Sur la gauche de cette estampe est une chaumière fort délabrée, à la porte de laquelle on aperçoit une figure. Elle est située sur le bord d'un ruisseau qui coule depuis le fond vers le devant à droite, où sa largeur occupe toute la moitié de l'estampe. Sur un petit pont qui, à une petite distance de la chaumière, communique avec le bord opposé qu'on ne voit qu'en partie sur la droite de l'estampe, marche un paysan suivi d'un chien, dirigeant ses pas vers ce même côté. Plus en avant, le tronc d'un gros arbre est étendu en largeur, avec un bout vers la chaumière & l'autre dans le ruisseau. Derrière & au côté gauche de la chaumière sont plusieurs arbres qui s'élèvent au-dessus du toit. Dans la marge du bas, presque au milieu, est écrit : Ruysdael f. Largeur, 9 pouces 9 lignes. Hauteur, 6 pouces 10 lignes.

2. *Les deux paysans et leur chien.* On voit dans ce morceau un arbre immense qui fixe principalement l'attention ; il est divisé vers le haut en deux grosses branches dont l'une est brisée en haut, l'autre tout à fait sèche & penchée vers la droite. Il a les racines presque découvertes & s'élève au milieu de l'estampe, d'une langue de terre un peu élevée, au bas de laquelle coule un petit ruisseau depuis le fond jusque sur le devant, & dont la rive opposée est ornée de buissons touffus. Sur le devant à gauche, deux paysans vus par le dos & suivis d'un chien marchent dans un chemin qui conduit vers une colline couverte d'arbres & d'arbrisseaux. Dans le fond à droite, on aperçoit en partie une chaumière qui s'élève d'un creux, & sur le devant de ce même côté, un tronc d'arbre jeté de biais repose sur une grosse pierre. On lit au milieu de la marge du bas : Ruysdael f. Largeur, [illegible] pouces. Hauteur, 6 pouces 8 lignes.

3. *La chaumière au sommet de la colline.* On voit, à la gauche de cette estampe, une chaumière placée au sommet d'une grande colline ornée de plusieurs arbres, parmi lesquels il y en a un qui se distingue par sa grandeur immense & son inclinaison vers le bord droit de l'estampe, qu'il atteint presque de l'extrémité de ses branches. La colline est baignée par une rivière qui s'étend sur toute la largeur du devant, & au delà de laquelle est un village dont les arbres nombreux dont il est orné ne laissent voir que deux chaumières, l'une derrière l'autre, & à une petite distance de celles-ci une église avec un clocher qui se termine en pointe. Derrière ce village paraît une haute montagne qui va en s'élevant vers le bord droit de l'estampe. On lit au milieu de la marge du bas : Ruysdael f. Largeur, 9 pouces, 11 lignes. Hauteur, 6 pouces 11 lignes.

4. *Les voyageurs.* Ce morceau, qui est très-rare, représente une forêt, au milieu de laquelle coule un ruisseau qui, vers le devant, s'étend sur toute la largeur de la planche. Son bord, à gauche, est couvert de grands arbres touffus qui s'élèvent jusqu'au haut de l'estampe, & parmi lesquels on en remarque particulièrement un très-gros, dont les racines sont arrosées par l'eau. Le bord opposé est pareillement garni d'un bois épais, mais celui-ci y laisse, le long du ruisseau, un chemin sur lequel on voit une femme qui porte un paquet rond & plat sur sa tête, & un autre semblable sous son bras droit ; à sa gauche, un homme armé d'une hallebarde & accompagné d'un chien, &, à sa droite, un paysan avec un sac sur son dos. Ces trois voyageurs marchent de front, dirigeant leurs pas vers la droite de l'estampe. A côté du paysan on distingue un arbre tellement incliné sur le ruisseau, que les extrémités de ses branches viennent se mouiller à la surface de l'eau. Sur le devant, à droite, dans une des parties de la rive, basse en cet endroit, & percée par l'eau en différentes manières, est écrit : Ruysdael f. Largeur, [illegible] pouces. Hauteur, 6 pouces [illegible] lignes.

5. *Le champ bordé d'arbres.* Ce morceau représente un champ de blé qui s'étend presque sur toute la partie gauche de l'estampe, où il avance jusqu'au devant ; il est bordé, vers le fond, d'une chaîne d'arbrisseaux, parmi lesquels s'élèvent quelques arbres dont on remarque particulièrement un vieux chêne à grosses branches, mais peu feuillées. Presque au milieu on aperçoit une souche &, un peu vers la droite le tronc d'un arbre renversé. On lit au haut de la droite : Ruysdael f., et au bas du même côté : F. V. W. excud., c'est-à-dire : *Franciscus van Wyngaerde excudit.* Largeur, 5 pouces 5 lignes. Hauteur, 3 pouces 8 lignes.

6. *Le bouquet des trois chênes.* Ce paysage, qui est de forme presque carrée, représente un bouquet de trois chênes placés en triangle sur une petite hauteur, au bas de laquelle est un ruisseau qui occupe la moitié gauche de l'estampe, en s'étendant jusqu'au devant. La rive de ce ruisseau est ornée de plusieurs arbres, parmi lesquels on remarque particulièrement trois saules plantés l'un à côté de l'autre, dont un est penché au-dessus de l'eau & derrière lequel l'on aperçoit les ruines d'un vaste bâtiment. Au milieu de l'eau sont deux canards, & sur le devant, à droite, le tronc d'un arbre étendu sur le gazon, près d'une grosse pierre contre laquelle un branchage pareillement sec est appuyé. Au milieu de la marge du bas est écrit : *Ruisdael in-f.* 1649 avec le chiffre 4 à rebours, & à gauche sont les lettres : *F. v. W. ex.*, qui signifient : *Franciscus van Wyngaerde excudit.* Largeur, 5 pouces 5 lignes. Hauteur, 3 pouces 6 lignes.

7. *Le Ruisseau traversant le village.* On voit dans ce paysage un ruisseau coulant au

milieu du fond jusque sur le devant de l'estampe, en se tournant un peu vers la droite. Sa rive gauche, formée par une petite hauteur qui s'incline doucement jusque dans l'eau, est ornée de différents arbres, & vers le fond, d'environ six saules plantés à la file & tout au bas. Sur le devant, à gauche, s'élève une maison haute qu'on ne voit qu'en partie. Sur le bas du devant de cette maison, qui présente une face étroite, on remarque une porte; plus haut, une fenêtre avec un volet ouvert, & dans le pignon, un pigeon perché sur un bâton. Vers le milieu du devant on aperçoit quelques poutres qui, par leur forme & leur emplacement, semblent être une barrière destinée à fermer aux chariots le passage à travers le ruisseau. Sur la rive opposée, c'est-à-dire à la droite de l'estampe, on voit vers le fond une petite maison, & derrière elle, des arbres sortant au-dessus d'un carton. Une autre maison, si légèrement tracée qu'on n'en distingue presque pas la forme, se voit encore plus loin, & tout à fait au bord droit de l'estampe. Au bas, dans une marque d'environ 3 lignes, qui est couverte de tailles griffonnées en différents sens, on lit, quoique avec beaucoup de peine : « *Ruisdael inv'.* 16, » les deux autres chiffres n'étant pas exprimés. Largeur, 10 pouces 3 lignes. Hauteur, 6 pouces 8 lignes.

(*Voyez le Peintre graveur*, par Adam Bartsch, Nouv. édit., Leipzig, 1854, t. Ier p. 311.)

Le même Adam Bartsch accompagne des réflexions suivantes la description des estampes de Ruysdael :

« Cet artiste n'a gravé que sept estampes, dont celles décrites aux numéros 1 à 4 sont les plus recherchées; elles montrent la vitesse & la légèreté extrême de la main de leur auteur. On dirait qu'elles sont moins dessinées qu'écrites. Le feuillé est un griffonnement spirituellement cotées, composé de zigzags continuels, qui servent à représenter la vraie nature dont toutes les formes ne doivent pas être trop clairement déterminées si l'on veut éviter le risque de tomber dans ce que l'on appelle manière. Il n'y a rien de ce que l'on nomme méthode, mais il y règne partout un goût rare & la plus grande vérité. » (*Ibid.* p. 329.)

Nous lisons dans l'*Histoire des peintres* de Charles Blanc, à la fin de son article sur Ruysdael :

« M. le comte Rigal, dont le cabinet d'estampes était si remarquable, possédait, indépendamment des sept pièces décrites par Bartsch, trois autres morceaux fort remarquables :

« *La vue d'un pays couvert d'eau;* une échelle sert à monter à deux terres élevés, réunis par un petit pont, à l'extrémité duquel est un bouquet de grands arbres; vers la droite, une baraque sur pilotis; à l'horizon, des montagnes; sur le devant, des buissons baignés par les eaux.

« *Une campagne traversée par un ruisseau* dont les bords sont ombragés par des arbres; au delà une chaumière & dans le ciel les lettres J. R. réunies (composition dans un ovale).

« *Paysage en partie bordé par une mare.* gros arbres, deux chaumières & deux villageois, l'un assis, l'autre debout, suivi de son chien. On lit au bas : *J. Ruisdael, f.* 1647.

« J. Ruysdaël a laissé un grand nombre de dessins à l'encre de Chine & au crayon. Le musée du Louvre possède : *un effet de soleil, un paysage avec des chaumières & la vue d'une route coupée par un ruisseau.* Le célèbre amateur Mariette, dont le riche cabinet fut vendu en 1775, possédait *un paysage* (sur le devant duquel un tronc d'arbre, dans le fond le clocher du village), — *une chaumière* — & *un moulin.* »

PRINCIPALES GRAVURES D'APRÈS RUYSDAEL

ANONYME. *Forêt au bord de l'eau*, une plaine au fond (l'original appartient au cabinet de Pitschaft, à Mayence).
APERS, W. Neox. *Contrée montagneuse* avec de l'eau, & un autre paysage.
BALZAU. *La Cascade* de la galerie de Prague.
BAS, J.-P. *Les Moulins* hollandais.
— *Ancienne rue de Haarlem.*
— *Vue de Sherein* (Scheveningen), promenade à un quart de lieue de La Haye.
— *Vue de Dechebanne.*

BAS, J.-P. *Marine* avec figures au premier plan.
— *Environs de Groningue.*
— *Environs de Gueldre.*
— *Un torrent pendant l'inondation.* } du cabinet Randonn...
— *Une pêche en Hollande.*
BAZAN. *La Baraque.*
BOISSIEUX. *Le Moulin* (du cabinet de Mariette).
Grand moulin, à droite un peintre dessinant (du cabinet de Franckha).

Boisseux. *Arbres au bord de l'eau avec des vaches à droite.*

— *Le Champ de blé ou la récolte* (de la galerie du comte Schœnborn, à Vienne).

— *Paysage avec un paysan assis à côté de son chien.*

— *Petit paysage; au premier plan un garçon & des bœufs dans l'eau.*

— *Environs de Groningue.*

Bachelley. *Vue du château de Ryswick.*

— *Environs d'Utrecht.*

Blooteling. *Six vues de l'Amstel* (Amstel-Gesichtin door Jacobus van Ruysdael).

— *Cimetière juif à Amsterdam* (Begraef plaets der Joden buyten Amstelodam), deux planches.

Carrot. *Marine.*

Cordel. *Les Voleurs de grand chemin.*

Daubigny. *Le Buisson.*

Desaulx. Quelques paysages de la galerie du Louvre.

Devillers et Niquet. Paysage avec un *torrent*.

Duret. *Le Moulin* flamand.

— *Vue d'un village* de Hollande.

— *La Blanchisseuse.*

Fillœuf. *La Cascade.*

Frenzel. *Le Soir*, forêt de chêne avec bétail, de la galerie de l'Académie des beaux-arts à Vienne.

— *Les Ruines*, paysage avec les ruines d'un ancien château, de la galerie de l'Académie des beaux-arts à Vienne.

Trey. Paysage avec des arbres au milieu, de l'eau au premier plan & un village au fond. (L'original appartient au conseiller Kiesow.)

Godefroy. Paysage avec figures au milieu d'une forêt.

Günther. *La Chasse*, de la galerie de Dresde (aqua-tinta).

Haerts, H. Deux paysages avec cabanes & figures.

Haldenwang. *La Cascade* de la galerie de Cassel.

— *Paysage avec une eau calme, traversée par du bétail* (gravé pour le musée Napoléon).

Hirtzinger. *La Grande Cascade* (de la galerie de Raith, à Vienne).

Huet. *Le Torrent.*

Klingel. *Le Bois de hêtres* (du cabinet de Winchler).

Kobell. *La Maison du chasseur.*

Laurent. *Le Coup de soleil* (autrement le *Buisson*, de la galerie du Louvre).

Loos. Un paysage de la galerie impériale de Vienne.

Masquelier. *Paysage avec un troupeau de brebis.*

— *Environs de Gueldre.*

Moitte. *Paysage avec un torrent.*

Morgenstern. *Une forêt.*

Pischeck. *La Chasse* (de la galerie de Dresde).

Ploos van Amstel. *Le château d'Egmont.*

— *Une cabane ruinée.*

Prestel. *L'Effet de soleil* (aqua-tinta).

— *Le Matin* (aqua-tinta).

— *Fraîcheur de la soirée* (cabinet du comte Stadion).

— *Le Midi et le Soir* (d'après des dessins de Ruysdael).

— *Deux cascades.*

Primavesi. *Le Cimetière juif à Amsterdam* (de la galerie de Dresde).

Puckelev. *Environs d'Utrecht.*

Richter. *Une forêt de chênes*, au fond du bétail (de la galerie de Dresde).

Röcher. *Paysage avec une forêt* entourée d'eau; un homme dans une barque.

Rémour. *Paysage avec de l'eau.*

Schröter. *Rochers avec cascade* (de la galerie de Copenhague).

Schuman. *Le Gué*, eau-forte (de la galerie de Dresde).

Schweyer. *Paysage avec des huttes cachées* derrière des troncs d'arbres.

Strüdt. *La Cascade.*

Veau (Le). Paysage avec une maison, des troupeaux & un cheval attelé (du cabinet de Pœillain).

— *Le Village au bord d'une forêt.*

Vivares. *Le Coucher du soleil.*

Weisbrod. *Bois près de la Haye.*

— *Deux paysages* du cabinet Le Brun.

Zingg. *La Chasse* (de la galerie de Dresde).

(Nagler, *Neue Allgemeine Künstler Lexicon*, 22 vol. München, 1835-1852. — Voy. t. XIV.)

PARIS. — J. CLAYE, IMPRIMEUR, RUE SAINT-BENOIT, 7.